·衛斯理小說典藏版 15·

地圖

衛斯理
親自演繹衛斯理
《地圖》

新之又新的序言，最新的

衛斯理小説從第一次出版至今，歷時已近半世紀，總共出了多少正版，還能計得清，若是連盜版一起算，那就算找外星人來算，也算勿清楚哉！不知能不能也算世界記錄。

算得清好，算勿清也好，能幾十年來不斷出新版，説明不斷有讀者加入，對作者來説，沒有更值得高興的事了，謝謝所有喜歡衛斯理的人，謝謝謝謝。

二〇二〇年六月四日　香港

幾句話

寫了四十多年小說，論者將拙作分為三個時期：早、中、晚。在明窗出版的一批，屬於早期和中期的上半。三個時期的創作風格有相當程度的不同，所以風評不一。本人並無偏愛，但讀友對早期的作品，頗有好評，大抵是由於在早、中期作品之中，主要人物精力充沛，活力無窮，所以使故事曲折多變，小說也就格外吸引。明窗出版社此次重新出版這批作品，正好讓大家來證明這一點。

四十餘年來，新舊讀友不絕，若因此而能有新讀友，不亦快哉！

二〇〇五年十一月六日

序言

《地圖》這個故事，在衛斯理故事中，有一個特點：把故事的懸疑性，放在一件中國古老的傳說之上——這種形式，在以後的衛斯理故事中，又反覆運用了若干次，只怕有機會，還會一直使用下去，使幻想故事十分中國化，這是衛斯理故事的特色。

這個故事仍然繼續着衛斯理故事對外星人處理的獨特風格——外星人雖然遠征來到地球，但是並不威風八面，反倒是倒霉、可憐的多，從《藍血人》開始起，一直就是那樣，遭遇幾乎沒有十分順利的，那是想表達一種觀念：人，或一個星球上的高級生物，始終是屬於這個星球的。人可以在一個星體上遷徙，但是星際遷移，那只怕是大悲劇的開始了。

衛斯理（倪匡）

一九八六年八月卅日

目錄

第一部：「燒掉屋中一切」的怪遺囑……7
第二部：一幅探險地圖……29
第三部：大玩笑……49
第四部：危險記號全是真的！……67
第五部：桌上的兩個手印……93
第六部：日記簿中的怪事……119
第七部：挖掘地面上的金色地區！……145
第八部：一場怪火……163
第九部：地底深洞……179
第十部：陷入無邊黑暗之中……207
第十一部：洞底所見……229

第一部

「燒掉屋中一切」的怪遺囑

地圖上的各種顏色，都有它的代表性。藍色表示河流、湖泊和海洋。藍色淺表示水淺，藍色深，表示水深。綠色表示平原，棕色表示高原或山脈，棕色愈深，海拔愈高。地圖上的白色，則表示這一地區的情況未明，還有待地理學家、探險家的探索。

然而，地圖上的金色，代表什麼呢？

地圖上不會有金色的——有人會那樣說。

自然，普通的地圖上，是不會有金色的，但是，那一幅地圖上有。

我所稱的「那一幅地圖」，就是探險家羅洛的那一幅。

探險家羅洛的喪禮，顯得很冷清。

也難怪，羅洛是一個性格孤僻得幾乎不近人情的怪人，他又是個獨身主義者，根本沒有親人，只有幾個朋友——那幾個朋友都是長期能忍受他那種古怪脾氣的人，他的喪禮，也只有那幾個朋友參加。

那天的天氣相當冷，又下着霏霏細雨，所以整個喪禮的過程，更顯得淒清。

羅洛在心臟病猝發之際，恰好和一位朋友在一起，那位朋友，也是一位偉大的探險家，曾經深入剛果腹地，也與新畿內亞的吃人部落打過交道，曾根據傳說，去探索過洪都拉斯叢林中的「象墳」。

羅洛病發的時候，幸虧和他在一起——我是指樂生博士，所以才有人將他送進醫院。

而當羅洛進了醫院之後，他好像知道自己沒有生望了，在昏迷之後，略為清醒之際，他說了第一句話：「將我所有朋友找來。」對普通人而言，這是一種很難辦得到的事情，但是對羅洛而言，卻輕而易舉，因為他的朋友，總共只有那麼幾個人。樂生博士於是分別電告那幾個人，最遲到達的是我，但也不過是在羅洛吩咐了那句話之後的二十五分鐘。一共是四個人，在羅洛的病榻之前，望着羅洛那蒼白的臉，每一個人都感到，生命已漸漸在遠離羅洛，他快要死了。

羅洛一聲不響地望着我們，看他的樣子，他像是根本已不能説話了，他足足望了我們有好幾分鐘，才又開了口，而他最後的那幾句話，和他一貫的不近人情作風，倒是很吻合的。

他作出了一個可以説是全世界最古怪的遺囑。他講話的時候，相當鎮定，他道：「四位，我的喪事，要你們來負責料理了。」

羅洛僅有的四位朋友，和羅洛也不知曾吵過多少次，其中有兩個（包括我在內）甚至還和他打過架，但無論如何，我們都尊敬他在探險上的成就，尊敬他對待工作的態度，他也是我們的老朋友。

聽到老朋友講出這種話來，任何人的心中，都不免會有難過感覺的。我先開口：「羅洛，先別説這種話，你會慢慢好起來的！」

這自然是言不由衷的安慰話，因為我早已看出羅洛快要死了。

而羅洛也老實不客氣地道：「衛斯理，我真後悔和你這種虛偽小人做朋友，我要死了，我自己知道，你也知道，而你還説這種話！」

我苦笑着，在那樣的情形下，我自然不能和他爭論，可是我的心中，也不免有氣，我只好道：「好了，你快死了，有什麼話，你説吧！」

羅洛喘着氣，又道：「我要火葬。」

我們都點着頭，火葬並不是一件稀奇的事，由死者自己提出來，也不值得大驚小怪。

羅洛繼續喘着氣，然後又道：「我的所有東西，全部要燒成灰燼，我説所有的東西，是一切，我所住屋子中的一切，全部替我燒掉！」

我們四個人互望着，一時之間，不知該如何才好。

因為這個「遺囑」，實在太古怪了！

燒掉他屋子中一切的東西，只有我們這幾個老朋友，才知道羅洛的屋子中的東西，是多麼地有價值。

羅洛在近兩年來，一直在他那間屋子中，整理着他過去三十年來探險所獲得的資料，一本劃時代的巨著，已經完成了五分之四！

如果我們遵照他的吩咐，將他屋子中的一切全都燒掉的話，那自然也包括這部未完成的巨著的原稿在內！

而我們又都知道，他那本巨著，雖然還未全都完成，可是卻一定會對人類歷史文明有極大的影響，那簡直是一本人文學、地理學、甚至是文學上的大傑作！

當我們四個人面面相覷，不知如何是好之際，羅洛的聲音，已變得十分淒厲。

他似乎是在運用他生命之中最後的一分氣力，在作淒厲無比的呼叫，他叫道：「你們在猶豫什麼？照我的話去做，答應我！」

他不斷喘着氣：「這是我最後一個要求，將我屋子中的一切全燒掉，在我死後，立即進行，答應我！」

當他在說那幾句話的時候，他臉上的神情，可怕到了極點！

那種可怕的獰厲的神色，實在很難用文字形容，我只能說出我當時的感覺。

我當時的感覺是，如果我們四個人不照他吩咐去做的話，那麼，他死了之後化為厲鬼，也一定會來找我們算帳的。

顯然不是我一個人有這樣的感覺，其餘三個人也是一樣的。是以，我們四個人幾乎是同時出聲的，我們齊聲道：「好，將你屋子中的一切，所有的東西全燒掉！」

羅洛長長地吁了一口氣。

這一口氣，是他一生之中，呼出的最後一口氣，他就在那一剎間，死了。

羅洛雖然已經死了，可是他仍然瞪大着眼，仍然像是在望着我們，要看我們是不是真的會照他的遺言去做。

被一個已經死了的人那樣瞪眼望着，自然不是一件愉快的事情，是以我輕撫着他的眼皮，使他的雙眼合攏，然後，我嘆了一聲：「我們失去了一位老朋友！」

其他三位都難過地搖着頭，默不作聲。

羅洛的死，只不過是這件事的開始，這件事以後的發展，是當時在場的幾個人，誰也料不到的，而又和在場的四個人，有極大的關係。

所以，我應該將羅洛臨死之際，在他病牀前的四個人，作一個簡單的介紹。

那四個人是：

（一）樂生博士，大探險家，世界上幾家大學的高級顧問。別的探險家最感頭痛的是探險的經費，但他不必為此擔心，有好幾個大規模的科學基金機構，隨便樂生博士提出什麼條件來，都可以接受。樂生博士五十歲，身體粗壯如牛，學識淵博如海。

（二）唐月海先生，人類學家，他的專題研究是亞洲人在地球上的遷移過程。他的一篇美洲人由北向南移的論文，被視作權威著作，四十九歲，瀟灑、隨和、愛好裝飾，看來像個花花公子。

（三）阮耀先生，收藏家。這位先生是一個怪人，收藏一切東西，從玻璃瓶到珠寶，從礦石標本到郵票，凡是一樣東西，有許多不同種類的，全在他收藏的範圍之內。他享受了一筆豐盛到他這一生無論怎樣花也花不完的遺產之後，就成了這樣的一個收藏家。他住的地方我們稱之為「方舟」，因為就像是諾亞方舟一樣，幾乎什麼都有，而他自己，則為他的住所定名為「芥子居」。那是取「須彌納於芥子」之意，意思就是他的屋子中，須彌世界中所有的一切，他全有。阮耀，四十二歲。

（四）我，衛斯理，似乎最不值得介紹了，表面上是一間入口分公司的經理，實際上無所事事，對一切古怪的事情全有興趣，並且有寫作興趣，如此而已。

我們四個人，在眼看着羅洛的靈灰，裝在一隻瓷瓶之中，瓷瓶又被放進一隻精緻的盒子，盒子再被埋進土中之後，各自又在石碑前站了好一會。

四個人之中，樂生博士最先開口，他道：「好了，我們該遵照羅洛的吩咐，去處理他的遺物了！」

樂生博士在那樣說的時候，我們都可以看得出，他的真正意思，實在是在向我們探詢，是不是要真的照羅洛的吩咐去做。

事實上，羅洛已經死了，就算我們完全違反他的意思，他也無從反對的，他不能像生前那樣，用最刻毒的話來對我們咆哮，也不能像生前那樣，用他的拳頭，在我們的臉前晃着。

可是，羅洛畢竟才死不久，在他未死之前，我們都曾親口答應了他，而最主要的是，他臨死之前的那種獰厲的神情，在我們每個人的腦海之中，印象猶新，沒有人敢在想起他那種神情之後，再敢不照他的話去做的。

是以，我們一起嘆了一聲：「好吧！」

我們一起離開了墳場，登上了阮耀的車子。

汽車也是同一類東西而有許多不同種類的物件，是以也是阮耀的收集目標之一，這一天，他開來的是一輛羅洛出生那年出廠的老爺車。

當我們四個人穿着喪服，乘坐着那樣的一輛老爺車，到羅洛家中的時候，沿途看到我們的人，都以為我們是在拍一部古裝片。

羅洛住在郊外，是一幢很不錯的平房，羅洛將原來的格式改變了一下，成為一間很大的工作室，和一間很小的臥室。

原來的花園，羅洛全鋪上了水泥，變成了一大片光禿禿的平地，看來實在不順眼，但這時，對我們的焚毀工作，倒多少有點幫助。

我們四個人到了羅洛的家中，先用磚頭，在水泥地上，圍成了一個圓圈，然後，將椅子、桌子等易燃的東西，先取出來，堆在那個圓圈的中心，然後由我生起了火，火舌一下子就冒得老高。

烈火一直在磚圈內燒着，我們不斷將東西從屋中搬出來，拋進火堆之中。我們四個人，在事先並沒有經過任何商量，但這時，我們卻不約而同地，先將無關緊要的東西往火堆中拋，例如衣櫥、牀、椅子、廚房中的東西，等等。

一小時之後，我們開始焚燒羅洛的藏書，整個書櫃搬出來，推進火圈之中，燒着了的書，發出「啪啪」的聲響，紙灰隨着火焰，升向半空，在半空中打着轉，隨風飛舞着。

羅洛的藏書十分多，足足燒了兩小時，磚圈之中，已經積下了厚厚的灰燼，屋子中的一切，幾乎全燒完了，剩下來的，只是羅洛工作室中一張巨大的書桌，和另一個文件櫥。

我們都知道，在桌子和文件櫥中，全是羅洛三十年探險工作獲得的原始資料，和他那部巨著的原稿，我們四個人一起聚集在已顯得很空洞的工作室中，又是樂生博士最先開口。

或許因為樂生博士也是探險家的緣故，是以他也最知道羅洛那一批遺物的價值。

他一隻手按住了桌子的一角：「怎麼辦？」

我們三個人，沉默了好一會，阮耀嘆了一口氣：「我贊成根本不要打開抽屜，整張桌子抬出去燒掉，那麼，大家的心裏都不會難過。」

阮耀的提議，唐月海立時表示同意，我也點了點頭，樂生博士長嘆了一聲。

我們四個人合力將那張大桌子抬了出去，推近火堆，那張桌子實在太大了，大得比我們先前堆好的磚圈還要大得多。

而且，以我們四人的力量，也是無法將桌子抬起來，拋推火堆去的。是以，我們只是將桌子推近磚圈，將磚圈碰倒了一小半，燒紅的炭、灰，一起傾瀉下來，火舌立時舐着了桌子，不一會，整張桌子都燒了起來。

我們看了一會，又合力推出了那隻文件櫥，採取的仍然是同樣的方法，根本不打開櫥門來。

我們將那隻文件櫥推到了外面，用力一推，文件櫥向正熾烈燃燒着的桌子，「轟」然倒了下去。

世界上的事情，真是微妙不過，一點點的差異，可以使以後的事，發生完全不同的變化。

這時候，我們將那隻文件櫥，推向燃燒着的桌子，在推倒文件櫥的時候，我們完全未曾想到，應該櫥面向下，還是櫥背向下，而櫥只有兩面，在倒下去的時候，不是面向下，就是背向下，那是五十五十的機會。

如果那時，是櫥面向下壓向燃燒着的桌子的話，那麼，就什麼事也不會發生了。

可是，櫥在倒下去的時候，卻是櫥面向上！

在「轟」地一下，櫥倒下去的時候，烈火幾乎立時燒着了櫥角，但是也就在這時候，由於震動，櫥門卻被震得打了開來。

四周圍全是火，熱空氣是上升的，櫥門一被震開，就有一大批紙張，一起飛了出來。

我們四個人，一起搶拾着自櫥門中飛出來的紙張，而且，不約而同，手中抓着的，不論是什麼紙，都看也不看，團成一團，就往火中拋。

也就在這時候，阮耀忽然道：「地圖上的金色，代表什麼？」

樂生博士順口答道：「地圖上不會有金色的！」

阮耀的手中抓着一疊紙，他揚了一揚：「你看，這地圖上，有一塊是金色的！」

我已經眼明手快，將文件櫥的門關上，而火舌也已經捲上了門，我相信這時候，櫥中一切珍貴的東西，都開始變成灰燼了。

而我們拾起的那些紙，我們全連看也沒有看，就拋進了火堆之中，只有阮耀，他手中拿着那份地圖。那份地圖，自然也是文件櫥的門打開的時候，被熱空氣捲出來的。

前面我說過，世事真是奇妙了，如果文件櫥倒下去的時候，是櫥面向下的話，什麼事都不會有。而就算櫥面打開，櫥中的紙張飛出來，我們四個人一起去拾，那份地圖，如果不是阮耀拾到的話，也早已投入火中，成為幾片灰燼了。

我在介紹阮耀的時候，說得很清楚，他是一個異乎尋常的收藏家，一般而言，收藏家在許多時候，都要鑒定他的收藏品，有些收藏品之間的差別是極微的，所以收藏家的觀察力，也特別敏鋭。

我之所以不厭其煩地這樣解釋，目的是想説明，這份地圖，如果是旁人拾到了，根本不會加以特別的注意，但是阮耀卻不同，他立即注意到，那幅地圖上，有一小塊地方，是用金色來表示的。

而地圖上通常是沒有金色的，所以他便問了一句。他可能是隨便問問的，但是他既然問了，那就不能不引起了我們的注意。

更巧的是，這時，羅洛屋子中，所有能燒毀的東西，已全部都在火堆中燃燒着，我們都空下來了，所以，在阮耀和樂生博士的一問一答之後，我和唐月海，也一起向阮耀手中的地圖看去。

地圖摺成好幾疊，在最面上，可以看到那一小塊金色，那一小塊金色的形狀，像是一條蜷在一起的毛蟲。如果不是金色的旁邊，有細而工整的黑邊圍着，可能叫人以為那是不小心沾上去的一點金色，但現在那樣的情形，金色顯然是故意塗上去的。

唐月海道：「真古怪，羅洛的怪事也太多了，誰在地圖上塗上金色？」

樂生博士道：「這是一張探險地圖，你看，上面有着好幾個危險的記號。」

樂生博士一面說，一面指着那地圖。

危險記號是一個骷髏和交叉的兩根人骨，和毒藥的記號一樣。

這樣的記號，在普通的地圖上，也是看不到的，但在探險地圖中，卻很普通。

在探險地圖上的危險記號，有很多意義，可能是表示這地方，有一個泥沼，也可能是這地方，聚居着一群獵頭族人，也有可能，是表示這地方的積雪，隨時有着雪崩的可能。

而在那地圖上，在那一小塊金色之旁，竟有着七八個危險記號之多！

唐月海已然道：「那是什麼地方的地圖，怎麼有那麼多的危險記號。」

我道：「打開來看看！」

阮耀已經將整張地圖打了開來，蹲下身，將地圖攤在地上。

我拾了幾塊碎磚，將地圖的四角壓了起來。

這是我們四個人第一次看那幅地圖。

那時，天色已經漸漸黑下來了，但是火光仍然很高，所以我們都可以看得很清楚。

毫無疑問，樂生博士的說法是對的，那是一幅探險家用的地圖。地圖上有藍色，有棕色，有綠色，還有那一小塊金色。有藍的線，表示是河流，也有圓圈，自然那表示是城鎮，可是卻一個文字也沒有。

那也就是說，看了這幅地圖之後，不能知道那是什麼地方的地圖。

一看到這種情形，我不禁道：「這是什麼地方，羅洛為什麼不在地圖上，註上地名？」

阮耀道：「或許是為了保守秘密。」

樂生博士搖頭道：「地圖有什麼值得保守秘密的，算了，什麼都燒掉了，將它也燒了吧！」

阮耀又將地圖摺了起來，當他將地圖摺起來的時候，我看到了地圖的比例尺，是四萬分之一。

四萬分之一的地圖，是極其詳細的地圖了，作為軍事用途的地圖，其比例也通常是五萬分之一，自然有更詳細的，但是四萬分之一的地圖，總是很不平常的了，在這樣的地圖上，一條小路也可以找得到。

這一次，是我開了口：「等一等，這份地圖，我想保留來作紀念，這是羅洛的唯一遺物了！」

唐月海立時道：「讓羅洛永遠活在我們的心中吧，我不想違反他的遺言。」

阮耀卻支持我：「有什麼關係，他已經死了，何況那只是一幅沒有文字，根本不知道是有什麼用途的地圖，怕什麼？」

兩個贊成，一個反對，所以我們三個人，一起都向樂生博士看去。

這時，天色已經更黑了，是以在火光的照耀下，樂生博士的臉色，看來也顯得很古怪。我道：「怎麼，博士，你在想什麼？」這句話，我連說了兩遍，樂生博士才陡地震了一震：「我是在想，羅洛的事情，我是全知道的，何以他有這樣一張探險地圖，我從來也不知道？」

唐月海用手抹了抹面，打了一個呵欠：「那是很普通的事，不見得羅洛這樣的怪人，會每一件事，都講給你聽的！」

樂生博士搖着頭：「不，這是一張探險地圖，剛才我看到上面至少有一百個危險記號，如果不是親身到過這個地方，那是不會有這些記號加上去的，而且，我看得出，這是羅洛親筆畫的，羅洛應該向我說起那是什麼地方，不該瞞着我的。」

我忙問道：「這是什麼地方？」

樂生博士道：「不知道，一個地名提示也沒有，我怎知道這是什麼地方？」

阮耀還是念念不忘那一塊金色，道：「地圖上有一塊地方，是用金色來表示的，那真太古怪了！」

我直跳了起來：「如果羅洛到過那地方，那麼，在他的記載中，一定可以找出那是什麼地方，和那一小塊金色地區，究竟是什麼意思來的！」

唐月海叫道：「對！」

第二部

一幅探險地圖

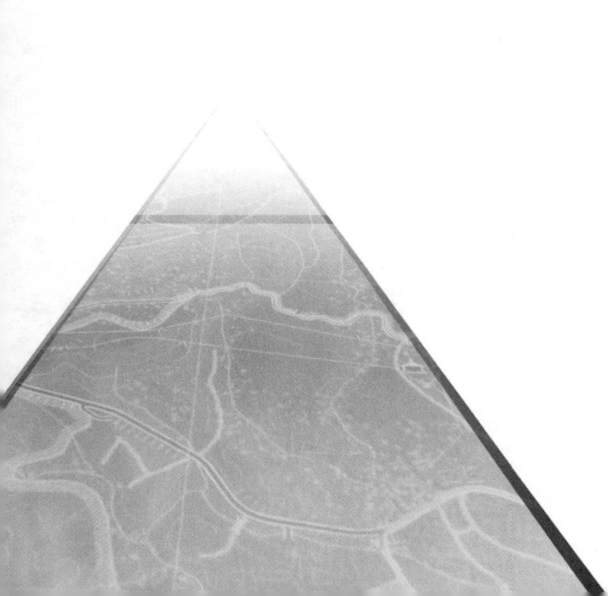

我們四個人一起轉過身去。

可是，我的話已經説得太遲了，當我們一起轉過身去看火堆時，文件櫥已經只剩下一小半，櫥中的紙張，也早已變成了灰！

我苦笑着，搔了搔頭，道：「博士，你可知道，探險地圖上的金色，表示什麼？」

樂生博士搖頭道：「不知道，地圖上，根本就不應該出現金色的。」

阮耀道：「或許是一個金礦！」

唐月海道：「或者，那地方，遍地都是純金！」

我聳了聳肩：「你們都不是沒飯吃的人，怎麼那樣財迷心竅？」

樂生博士皺着眉：「是啊，探險地圖上的金色，代表什麼呢？」

這時，火頭已漸漸弱了下來。那天的天氣，本來就很冷，長期站在火堆邊，自然不覺得冷，但這時天黑了，火弱了，我們都感到了寒冷。

那幅地圖在我的手上，我望着愈來愈弱的火頭和那一大堆灰燼，道：「羅洛臨死的時候，要我們將他屋子中的一切全燒掉，是不是？」

樂生博士點頭道：「是，所以這幅地圖——」

我在他說那半句話之際，以最快的手法，將地圖摺了起來，放進了口袋之中。

樂生博士睜大了眼，望着我，充滿了驚訝的神色，我則盡量裝出一副泰然自若神情，道：「我們都答應了他的要求，可是他並沒有要求我們在一天之內，將他所有的東西，全部燒掉，我保證這幅地圖，一定會變為灰燼，在若干時日之後！」

阮耀對一切事情，都看得並不認真，所以，在三個人之中，他最先接受我的狡辯，他「哈」地一聲：「你是一個滑頭，和你做朋友，以後要千萬小心才好！」

我向其餘兩個人望去，樂生博士皺着眉，唐月海道：「你要那幅地圖作什麼？」

我搖着頭：「不作什麼，我只不過想弄清楚，那是什麼地方的地圖。」

樂生博士道：「你無法弄清楚那是什麼地方的地圖，這上面一個字也沒有，而世界是那麼大。」

我道：「我有辦法的。」

唐月海和樂生博士兩人，也沒有再說什麼，這幅地圖，暫時，就算我的了。

老實說，在事後，我回想起來，也有點不明白自己何以要將這幅地圖留了下來。

我曾仔細地想過，但是想來想去，唯一的原因，就是一股衝動，我喜歡解難題，愈是難以弄明白的事，我就愈喜歡研究。在那幅地圖上，一個字也沒有，要弄清楚那是什麼地方的詳細地圖，並不是一件容易的事，這就引起了我的興趣。

而如果在那幅地圖上，像普通的地圖一樣，每一個山頭，每一條河流，都註有詳細的地名，使人一看就知道那是什麼地方的話，那麼，就算地圖上有着一塊奇異的金色，也不至於引起我的興趣。

如果情形是那樣的話，那麼，這幅地圖，可能早已被我拋進了火中，那麼，以後，也不會生出那麼多事來了。

當天，我們在將灰燼徹底淋熄之後，將羅洛的屋子上了鎖，然後離開，在阮耀的家中，又聚了一會。他們三人，因為同意了我收起了那幅地圖，好像都有一種犯罪的感覺，是以他們竭力避免提及那幅地圖。

而我本來是最多話的，這時因為在想，用什麼方法，才能找出那地方是在地球的哪一個角落，所以也很少講話，不久，我們就散了。

在歸家途中，我已經想到了辦法。

第二天，我先將那幅地圖拍了照，然後，翻印在透明的膠片上，大大小小，印成了十幾張，每張的比例都不同。這花了我一整天的時間，我所得到的，是許多張透明的地圖縮影。

然後，我又找來了許多冊詳盡的各國地圖，有了這些地圖，再有了那些印在透明膠片上的地圖縮影，我要找出那地圖究竟繪的是什麼地方，就不過是一件麻煩的事，而不是一件困難的事了。

因為那地圖上，雖然沒有字，但是山川河流，卻是十分詳盡的，我只要揀到和地圖同樣大小比例的膠片，將膠片放在地圖上移動着，一找到曲線吻合的一幅地圖，就可以知道羅洛繪的是什麼地方了。

我於是開始工作，雖然，我對有幾個國家的地形，極其熟悉，明知不會是那地方，但是為了萬一起見，我還是一律將比例尺相同的膠片，在那些地方的地圖上，移動着、比對着。

這些工作，花了我五天時間。

如果說花了五天時間，而有了結果的話，那我也決不會在五天之後，叫苦連天了！

足足五天，伏在桌子，將膠片在地圖上移動着，想找出相同的曲線來，這實在是一件很乏味的事情，更何況五天之後，我對完了全世界的地圖，竟然仍找不到那個地方！

我弄來的各國詳細地圖，足有七八十本，這些地圖，堆在地上，疊起來比我還高，全世界所有的地方全在了，連南太平洋諸小島，我也有許多的地圖可以對照，可是我找不到羅洛所繪的那幅地圖是什麼地方！

在我對完了所有的地圖之後半小時，那已是我得到羅洛那幅地圖之後，第六天的晚上了，我打電話給樂生博士：「博士，我找不到那地方，你還記得羅洛的那幅地圖？我找不出他繪的是何處。」

樂生博士道：「我早已說過了，你沒有法子知道那是什麼地方的。」

我有點不服氣：「或許你想不到我用的是什麼方法，等我告訴你！」

我將我用的方法，在電話中，詳細地告訴了樂生博士，他呆了好一會，才道：「你的辦法很聰明，照說，用你的法子，應該可以找得出那是什麼地方的，除非，你用來作對照的地圖，漏了什麼地方。」

我肯定地道：「不，全世界每一個角落的地圖，我全弄來了！」

樂生博士提高了聲音：「那是不可能的，除非那地方，不在地球上！」

我苦笑了起來：「別對我說這地圖不是地球上的地方，對於地球之外的另外星球，我也厭煩了，我想，可能是我找來的地圖不夠詳盡。」

樂生博士道：「這是很容易補救的，我可以替你和地理博物院接頭，他們藏有全世界最詳盡的地圖，你可以借他們的地方工作。」

我嘆了一口氣：「好的，我再去試試。」

第二天，我先和樂生博士會了面，然後，拿了他的介紹信，去見地理博物院的負責人。等到我走進了博物院收藏世界各地詳盡地圖的專室，我才知道，我借來的那七八十本地圖，實在算不了什麼。

博物院中的地圖是如此之多，如此之詳細，舉一個例來說，中國地圖，就詳細到「縣圖」，就是每一個縣，都有單獨的、普通掛圖大小的地圖！試想想，中國有三千多縣，單是中國地圖部分，已經有近四千幅地圖之多了。如果我不是一個一開始就一定要有結果，否則決不肯住手的人，一定會縮手了。

我在地理博物院的地圖收藏室中，工作了足足一個月，為了適應各種地圖不同的比例尺，我又添印了許多透明的膠片。

在這一個月之中，博物院方面，還派了兩個職員，來協助我工作。

我昏天黑地的工作了足足一個月，如果有結果的話，那也算了。

一個月之後，博物院中所有的地圖，都對照完了，可是一樣沒有結果。

我長嘆着，在昏暗、寒冷的天色中，走出博物院的門口，走下石階之際，我更發出了一下使我身旁十步遠近的人，都轉過頭來望我的長嘆聲。

那一天晚上，在阮耀的家裏，我們四個人又作了一次聚會。

阮耀的家，佔地足有二十英畝，他家的大客廳，自然也大得出奇。我們都不喜歡那個大客廳，通常都在較小的起居室中坐。

天很冷，起居室中生着壁爐，我們喝着香醇的酒，儘管外面寒風呼號，室內卻是溫暖如春。

我們先談了一些別的，然後，我將羅洛的那幅地圖，取了出來，將之完全攤開，我道：「各位，我承認失敗，我想，世界上，只有羅洛一個人知道他繪的是什麼地方，而他已經死了！」

阮耀瞪着眼望定了我，我是很少承認失敗的，是以他感到奇怪。

可是他一開口，我才知道我會錯意了！

他望了我好一會，才道：「衛斯理，是不是你已經找到了那是什麼地方，也知道那一塊金色是什麼意思，卻不肯說給我們聽？」

當阮耀那樣說的時候，唐月海和樂生博士兩個人，居然也同樣用疑惑的眼光望着我！

我感到生氣，想要大聲分辯，但是在一轉念間，我卻想到，這實在是一件滑稽的事，我只是聳着肩：「不，我說的是實話。」

他們三個人都沒有搭腔，我又自嘲似地道：「那或許是我用狡辯違背了對羅洛的允諾，所以報應到了，連幾個最好的朋友都不相信我了！」

阮耀倒最先笑了起來：「算了！」

我道：「當然只好算了，不管羅洛畫的是什麼地方，也不管他畫這地圖的目的是什麼，我都不會再理這件事了，將它燒了吧！」

我一面說，一面將那幅地圖，揚向壁爐。

那幅地圖，落在燃燒着的爐火之上，幾乎是立即着火燃燒了起來。

而也在那一剎間，我們四個人，不約而同，一起叫了起來！

我們全都看到，在整幅地圖，被火烘到焦黃，起火之前，不到十分之一秒鐘的時間內，在地圖的中間，出現了一行字，那一行字是：「比例尺：一比四〇〇」。

一比四百：那行字，是用隱形墨水寫的，就是那種最普通的，一經火烘就會現出字迹來的隱形墨水！

而羅洛在那幅地圖上明寫着的比例，則是一比四萬，差了一百倍之多！

那相差得實在太遠了，一比四百的地圖，和一比四萬的地圖，相差實在太遠了，後者的一片藍色，就算不是海，也一定是個大湖泊，但是在前者，那可能只是一個小小的池塘！

我的反應最快，我立時撲向前，伸手去抓那幅地圖，但是，還是慢了一步，就在那一行用隱形墨水寫的字現出來之後的一剎間，整張地圖，已經化為灰燼，我什麼也沒有抓到。

阮耀立時叫了起來，道：「原來羅洛玩了花樣！」

唐月海驚叫道：「地圖已經燒掉了！」

樂生博士站了起來：「衛斯理，你已經拍了照，而且那些膠片也全在，是不是？」

我在壁爐前，轉過身來，樂生博士說得對，那幅地圖是不是燒掉了，完全無關緊要的，我有着許多副本。

而從他們三個人的神情看來，他們三人對於這張地圖，興趣也十分之濃厚。

我吸了一口氣：「我們已經知道以前為什麼找不到那地方了，現在我們應該怎麼辦？」

樂生博士道：「那太簡單了，你將比例弄錯了一百倍，現在，只要將你那些透明膠片，縮小一百倍，再在全世界所有的地圖上，詳細對照，就一定可以將地圖上的地方找出來了。」

我苦笑了一下：「那得花多少時間？」

阮耀忽然道：「我看，這件事，由我們四個人輪流主持，同時，請上十個助手，這是一件很簡單的工作，只要稍對地圖有點知識的人就可以做，那麼，就可以將時間縮短了！」

阮耀一面說，唐月海和樂生博士兩人，就不住點頭。

我望着他們：「奇怪得很，何以你們忽然對這幅地圖，感到興趣了？」

唐月海笑道：「地圖已經燒掉了，我們算是已照着羅洛的遺言去做，不必再心中感到欠他什麼了！」

樂生博士想了一想：「羅洛從來也不是弄什麼狡獪的人，可是在這幅地圖上，他不但不寫一個字，而且，還用了隱形墨水，那和他一向的行事作風，大不相同，所以我看在這幅地圖上，一定有着重大的隱秘。」

阮耀搔着頭，想了一會：「那一塊金色，地圖上是不應該有金色的，我想一定有極大的意義。」

他們三個人，每人都說了一個忽然對這幅地圖感到興趣的理由，聽來卻是言之成理的。

我望着阮耀：「你以為那一塊金色，代表什麼？」

阮耀道：「我怎麼知道？」

我笑了笑：「我不知道你心中在想些什麼，但是你或許對比例尺沒有什麼概念，你要注意，這是一比四百的地圖！」

阮耀瞪着眼，道：「那有什麼分別？總之這幅地圖上有一塊是金色的，那有特殊的意義。」

我一面搖着頭，一面笑道：「那可大不相同了，這塊金色，不過兩個指甲大，如果是一比四萬的地圖，那樣的一塊，代表了一大片上地，但是在一比四百的地圖上，那不過是一口井那樣大小！還有，這裏有幾個圓點，以前，我們以為是市鎮，但是現在，那可能只是一棵樹，或者只是一間小茅屋！」

我又轉向樂生博士：「現在，輪到我來説，我們是找不到那地方的了，你建議我將現在的透明膠片縮小一百倍，除非我們可以找到全世界的詳細地圖，其詳細程度是連一口井、一棵樹也畫上去的，不然，就根本無法對照出羅洛畫的是什麼地方來，所以，你們有興趣的話，你們去找吧，我退出了！」

我説着，拉着椅子，坐近壁爐，烘着手。

他們三人，望了我片刻之後，就開始熱烈地討論起來。我明知他們不論用什麼方法，都是不可能達到目的的，所以一直沒有參加。

這一晚，我是早告辭的，而且，我在告辭之際，對於他們三個人的那種執迷不悟，還很生氣，我在門口大聲道：「三位，不論你們的討論，有什麼結果，請不必通知我，再見！」

我一個人穿過了大得離奇的大廳，又穿過了大得像一整塊牧場的花園，上了車，回去了。

我不知道他們三個人的討論，得到了什麼結論，第二天，阮耀上門來，將我拍的照和印製的膠片，全部要了去。我沒有問他，他也沒有告訴我，只是充滿神秘地對我不斷地笑着。

我也料他們想不出什麼更好的辦法來的，他們無非是在走我的老路。而當我一知道羅洛的地圖比例，是一比四百的時候，我就知道我的辦法是行不通的了，因為羅洛整幅地圓，不過兩呎長，一呎多寬。

那也就是說，整幅地圖，所顯示的土地，不過八百呎長，六百呎寬，只是五萬平方呎左右的地方。阮耀家裏的花園，就超過五萬平方呎許多許多，試問在那一份地圖上，可以找到阮耀的住宅？

但是他們三個人，顯然都對地圖上的那一小塊金色，表示了異乎尋常的興趣，或許他們懷着某一種他們並沒有說出來的特殊希望。但不管他們如何想，他們一定會失望！

我那樣不理他們，在事後想來，實在是一件很殘酷的事，因為他們三個人，輪流每人擔任一天主持，真的僱了十個助手，每天不停地工作着，足足又工作了兩個月。

那時候，天氣早就暖了，我已經開始游泳，那一天，我興盡回來，正是傍晚時分，一進門，就看到唐月海、樂生博士、阮耀三人，坐在我的家中。

我已經有兩個月未和他們見面了，這時，一見他們，用「面無人色」來形容他們三個人，那是最恰當不過的了！

他們三個人的面色，都蒼白得出奇，一看到我，又一起搖頭嘆息。

我忙道：「除了你們的努力沒有結果外，還有什麼更壞的消息？」

阮耀忙道：「難道還能有什麼更壞的消息麼？」

我笑着，輪流拍着他們的肩頭，我們畢竟是老朋友了，看到他們這種樣子，我心中也不禁很難過：「算了，這是意料中的事，因為羅洛地圖上所繪的全部地方，根本還不如阮耀家裏的花園大，怎麼可能在地圖上找得到它的所在？」

我這樣講，只不過是為了安慰他們，可是阮耀卻突然像是發了瘋一樣，高叫了一聲，瞪大了眼，半晌不出聲，我忙道：「你做什麼？」

阮耀道：「花園，我的花園！」

樂生博士皺着眉：「你的花園怎麼了？」

阮耀又怪叫了一聲：「我的花園，羅洛所繪的地圖，正是我的花園，是我的花園！」

唐月海笑道：「別胡說八道了，我看你，為了那幅地圖，有點發神經了！」

阮耀自口袋中，摸出了那幅地圖的照片來，指着地圖道：「你看，這是荷花池，這是一條引水道，這是一個魚池。這個圓點是那株大影樹，那個圓點，是一株九里香，這個六角形，是一張石桌。」

阮耀說得活龍活現，可是我、唐月海和樂生博士三人，卻仍然不相信他。

樂生博士道：「那麼，那塊金色呢，是什麼？」

唐月海道：「還有那麼多危險記號，代表什麼？難道在你的花園中，有着危險的陷阱？」

阮耀對這兩個問題，答不出，他漲紅了臉，看來像是十分氣惱。

我笑道：「這根本不必爭，阮耀的家又不是遠，他如果堅持說是，我們可以一起去看一看。」

阮耀立時大聲道：「對，我帶你們去看！」

阮耀說得如此肯定，我們三個人，倒也有點心動了，雖然，那簡直是說不過去的事——著名的探險家，為什麼要用那麼隱秘的態度，去繪阮耀花園呢？

而且，最難解釋的是，在阮耀的花園中，是不會有着危險的陷阱的，但是在地圖上，卻有着十幾個危險的記號。阮耀的花園，絕無探險價值，為什麼要用探險地圖將之繪出來呢？

阮耀開始催促我們啟程，快到他的家中去看個明白，老實說，我們三個人在互望了一眼之後，心中都知道其餘的人在想些什麼，我們其實都不願意去。

可是，阮耀卻是信心十足，他是將我們三個人，連推帶捉，硬弄出門去的。

我們出了門，上車，一路上，阮耀還不住指着那照片在說那是他的花園。

我駕着車，唐月海和樂生博士兩人，卻全不出聲，阮耀愈說愈大聲，最後，他幾乎是在叫嚷，道：「你們不相信，根本不信，不是？是？」

我笑了一笑：「你完全不必生氣，現在，離你的家，不過十分鐘路程，你大可閉上嘴十分鐘，然後再開口，是不是？」

阮耀瞪了我好一會，果然聽從了我的話，不再說什麼了。車在向前疾馳着，十分鐘後，就駛近了一扇大鐵門。那大鐵門上，有一個用紫銅鑄成的巨大的「阮」字。

別以為進了那扇門，就是阮耀的家了，一個看門人一見有車來，立時推開了門，在門內，仍有一條長長的路，那條路，自然也是阮耀私人的產業。

第三部

大玩笑

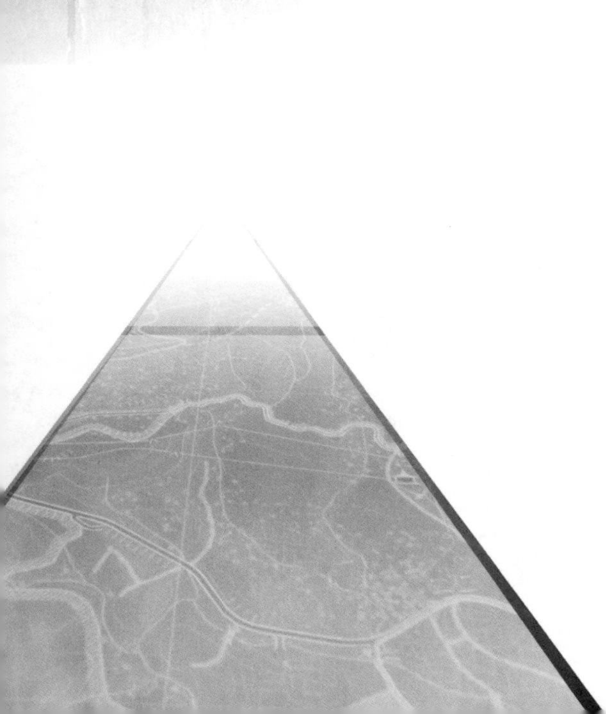

阮耀究竟有多少財產，別說旁人難以估計，根本連他自己也不十分清楚。旁的不說，單說在這個現代化城市的近郊，那麼大的一片土地，地產的價值，就已經是一個天文數字了。

我之所以特別說明阮耀財產數字之龐大，是為了阮耀所承受的那一大筆遺產，對於這個故事，有着相當密切的關係之故。

車子一直駛到了主要建築物之前，才停了下來，我問阮耀：「要不要直接駛到那花園去？」

阮耀道：「不必，我帶你們上樓，那本來是我要來養魚的，由於面積太大，所以我當時是在樓上看魚的，一到了樓上，你們對那花園的情形，就可以一目瞭然，不必我再多費唇舌！」

我們三個人又互望了一眼，已經來到了阮耀的家中，而阮耀的語氣，仍然如此肯定，照這樣的情形看來，好像是他對而我們錯了！

我們經過了大廳，又經過了一條走廊，然後，升降機將我們帶到四樓。

我們走進了一間極大的「魚室」，那是阮耀有一個時期，對熱帶魚有興趣的時候，專弄來養熱帶魚的。

那間「魚室」，簡直是一個大型的水族館，現在仍然有不少稀奇古怪的魚養着，阮耀已經不再那麼狂熱，但是他那些魚，仍僱有專人照料。

他將我們直帶到一列落地長窗前站定，大聲道：「你們自己看吧！」

從那一列落地長窗看下去，可以看到花園，大約有四五萬平方呎大小，最左端，是一個很大的荷花池，池中心有一個大噴泉。然後，是從大池中引水出來的許多人工小溪，每一個小溪的盡頭，都有另一個較小的，白瓷磚砌底的魚池。

這些魚池的周圍，都有着小噴泉，而且，人工小溪中的水，在不斷流動，這當然都是一個巨型水泵的功用。

那些池，是阮耀要來養金魚的，現在還有不少金魚，也在池中游來游去。

我不知道唐月海和樂生博士兩人的感覺怎樣，因為我根本沒有去注意他們兩人的反應，我自己只是向下一看間，就呆住了！

我對於羅洛的那幅地圖，實在是再熟悉也沒有，如果這時，我是站在水池的旁邊，或者我還不能肯定，但這時我卻是在四樓，居高臨下地向下望，那實在是不容爭辯的事：羅洛的那幅地圖，繪的正是這花園。

那些大小水池，那些假山，假山前的石桌、石椅，幾棵主要的大樹，幾列整齊的灌木，全都和那幅地圖上所繪的各種記號，一模一樣。

自然，我立時注意地圖上的那塊金色，一切問題，全是因為地圖上的那塊金色而起的，我也記得地圖上那塊金色的位置。

我向花園相應的位置望去，只見在地圖上，被塗上金色的地方，是一個六角形的石基，上面鋪着五色的大瓷磚。

看那情形，像是這石基之上，原來是有着什麼建築物，後來又被拆去的。

直到這時候，我才聽到了另外兩人的聲音，樂生博士的手向前指着，道：「看，地圖上的金色就在那裏，那是什麼建築？」

唐月海道：「好像是一座亭子，被拆掉了！」

阮耀的神情十分興奮，他道：「現在你們已經承認，羅洛所繪的那幅地圖就是我這裏了？」

這實在已是不容再有任何懷疑的事，是以我們三個人一起點頭。

阮耀的手向下指着：「不錯，這地方，本來是一座亭子，後來我嫌它從上面看下去的時候，阻礙我的視線，所以將它拆掉了。」

我仍然定定地望着那花園，在那一剎間，有千百個問題，襲上我的心頭，我相信他們也是一樣，是以好久，我們誰也不出聲，阮耀的手中，還拿着那幅地圖的照片，在指點着。

我向他走近了一步：「在那花園中，有什麼危險的埋伏？」

阮耀道：「笑話，有什麼埋伏？你看，我僱的人開始餵魚了！」

果然，有一個人，提着一隻竹籃，走了過來，在他經過魚池的時候，就將竹籃中特製的麵包，抛到池中去，池中的魚也立時湧上水面。

我們都看到，那個人走上亭基，又走了下來，他至少經過六七處，在羅洛的地圖上，畫有危險記號的地方，可是他卻什麼事也沒有。

樂生博士忽然吁了一口氣，後退了一步，就在那列長窗前的一排椅子上，坐了下來：「我看，這是羅洛的一個玩笑！」

唐月海也坐了下來，點頭道：「是的，我們全上他的當了，他在和我們開玩笑！」

認為羅洛繪了這樣的一張地圖，其目的是在和我們開玩笑，這自然是最直截了當的說法，承認了這個說法，就什麼問題也不存在了，但如果不承認這個說法的話，就有一百個、一千個難以解釋的問題。

我轉過身來，望着樂生博士：「博士，你認識羅洛比我更深，你想一想，他的一生之中，和誰開過玩笑？他一生之中，什麼時候做過這一類的事情？」

樂生博士張大了口，在他的口中，先是發出了一陣毫無意義的「嗯」「啊」之聲，然後樂生博士才道：「當然是未曾有過，那麼，他為什麼要繪這幅地圖呢？」

我道：「這就是我們要研究的問題，我們要找出原因來，而不是不去找原因！」

樂生博士攤了攤手，沒有再說什麼。

阮耀搔着頭：「真奇怪，這幅地圖，相當精細，他是什麼時候畫成的呢？」

我道：「他也上你這裏來過，是不是？」

阮耀道：「是，來過，可是他對魚從來也沒有興趣，他到我這裏來，大多數的時間，是逗留在西邊的那幾幢老屋之中，我收藏的古董，和各原始部落的藝術品，全在那幾幢屋子之中。」

他講到這裏，略頓了一頓，又補充了一句：「在那幾幢屋子裏，是看不到這花園的。」

我搖頭道：「錯了，你一定曾帶他到這裏來看過魚，如果他帶着小型攝影機，只要將這花園拍攝下來，就可以製成一幅地圖！」

我一本正經地說着，阮耀倒不怎樣，只是抓着頭，現出一片迷惑的神色。

而樂生博士和唐月海兩人，卻也忍不住「呵呵」大笑了起來。

唐月海一面笑，一面道：「他為什麼要那樣做？」

我有點不高興，沉聲道：「教授，羅洛為什麼要那樣做？你不知道，我也不知道。但是他已經那樣做了，這卻是你我都知道的事實，他既然那樣做了，就一定是有他的道理的。」

樂生博士搖着手：「別爭了，我們在這裏爭也沒有用，何不到下面去看看。」

阮耀首先高舉着手：「對，下去看看，各位，我們下去到那花園中，是到一位偉大探險家所繪製的神秘探險地圖的地方，希望不要太輕視了這件事！」

這一次，連我也不禁笑了出來。

如果光聽阮耀的那兩句話，好像我們要去的地方，是亞馬遜河的發源地，或者是利馬高原上從來也沒有人到過的原始森林一樣。

但是事實上，我們要去的地方，卻只不過是他家花園！

阮耀帶頭，他顯得很興奮，我們一起穿過了魚室，下了樓，不到兩分鐘，我們已經踏在羅洛那幅地圖所繪的土地上了。

我們向前走着，一直來到了那座被拆除了的亭子的石基之上。

如果說，這時候，我們的行動有任何「探險」的意味的話，那麼我們幾個人，一定會被認為瘋子。

阮耀搔着頭，嘆了一聲，道：「看來，真是羅洛在開大玩笑！」

我從阮耀的上衣口袋，抽出了那張地圖的照片來，地圖上繪得很明白，在亭基的附近，有着七八個表示危險的記號。

我走下亭基，走前了兩三步，在一片草地上停了下來。正確地說，我是停在草地上用石板鋪出的路的其中一塊石板之上。

我站定之後，抬起頭來，道：「根據地圖上的指示，我站立的地方，應該是很危險的！」

樂生博士有點無可奈何地點着頭：「照一般情形來說，你現在站的地方，應該是一個浮沙潭，或者是一群吃人蟻的聚居地，再不然，就是一個獵頭部落的村落，是一個活火山口！」

我仍然站着，道：「但是現在我卻什麼事也沒有，博士，這記號是不是還有別的意義？」

樂生博士道：「或者有，但是對不起，我不知道。」

阮耀突然大聲道：「噯，或者，羅洛自己心中有數，那些符號，是表示另一些事，並不是表示危險！」

我大聲道：「可能是，但是我站在這裏，卻覺得什麼也不表示。」

阮耀道：「你不是站在一塊石板上面麼？或許，那石板下有着什麼特別的東西！」

唐月海笑着道：「小心，他可能在石板下埋着一枚炸彈，一掀開石板，就會爆炸！」

他說着，又笑了起來，可是阮耀卻認真了，他並不欣賞唐月海的幽默，瞪着他。

阮耀本來是什麼都不在乎的人，但這時候卻是忽然認真起來，倒也是可以了解的。

因為，羅洛那幅地圖所繪的，的確是他花園的地方，不論羅洛是為了什麼目的而繪製這幅地圖，在我們的各人中，他自然是最感到關心。

當阮耀瞪眼的時候，唐月海也停止了笑：「別生氣，由我來揭開這次探險的序幕好了，我來揭這塊石板，看看會有什麼危險！」

他一面説，一面從亭基上走了下來，來到我的身前，將我推了開去。

我在被唐月海推開的時候，只覺得那實在很無聊，我們四個人，全是成年人了，不是小孩子，何必再玩這種莫名其妙的遊戲？

可是，我還未曾來得及出聲阻止，唐月海已然俯下身，雙手扳住了那石板的邊緣，在出力抬着那塊石板，阮耀和樂生博士，也從亭基上走了下來。

唐月海的臉漲得很紅，看來那塊石板很重，他一時間抬不起來。

他如果真抬不起來，那就該算了，可是他卻非常認真，仍然在用力抬着。

阮耀看到了這種情形，忙道：「來，我來幫你！」

可是，唐月海卻粗暴地喝道：「走開！」

阮耀本來已在向前走過來了，可是唐月海突如其來的那一喝，卻令得他怔住了。

事實上，當時不但阮耀怔住了，連我和樂生博士，也一起怔住了。

唐月海是一個典型的中國式知識分子，恂恂儒雅，對人從來也不疾言厲色，可是這時，他卻發出了那樣粗暴的一喝。

這對我們所了解的唐月海來說，是一件十分失常的事。而我尤其覺得他的失常，因為他剛才，曾將我用力推了開去，這實在也不是唐教授的所為。

一時之間，他仍然在出力，而我們三個人，全望着他。唐月海也像是知道自己失常了，他繼續漲紅着臉，微微喘息着：「羅洛不是在這裏留下了危險的記號麼？要是真有什麼危險，就讓我一個人來承擔好了，何必多一個人有危險？」

他在那樣說的時候，顯得十分認真。阮耀是一副不知如何是好的神情，我和樂生博士兩人，也都有着啼笑皆非之感。

而就在這時候，唐月海的身子，陡地向上一振，那塊石板，已被他揭了起來，翻倒在草地上。

唐月海站了起來，雙手拍着，拍掉手上的泥土，我們一起向石板下看去。

其實，那真是多餘的事，石板下會有什麼？除了泥土、草根，和一條突然失了庇護之所，正在急促扭動着的蚯蚓之外，什麼也沒有！

唐月海「啊」地一聲：「什麼也沒有！」

我們四個人，都一起笑了起來，阮耀道：「算了，羅洛一定是在開玩笑！」

我本來是極不同意「開玩笑」這個說法的。可是羅洛已經死了，要明白他為什麼繪製一幅這樣的地圖，已經是不可能的事。

而且，我們已經揭開了一塊石板，證明羅洛地圖上的記號，毫無意義！地圖上的危險記號，既然毫無意義，那麼，地圖上的金色，自然也不會有什麼意思。

這件事，應該到此為止了！

我用腳翻起了那塊石板，使之鋪在原來的地方，道：「不管他是不是在開玩笑，這件事，實在沒有再研究下去的必要了！」

樂生博士拍着阮耀的肩頭：「你還記得麼？你第一次看到那幅地圖的時候，曾說那一片金色地區，可能是一個金礦，現在，或許有大量的黃金，埋在那個石亭的亭基之下！」

阮耀聳了聳肩：「那還是讓它繼續埋在地下吧，黃金對我來說，沒有什麼別的用處！」

我們幾個人都笑着，離開了這花園，看來，大家都不願再提這件事了。

那時候，天色也黑了，唐月海除了在揭開那塊石板時，表示了異樣的粗暴之外，也沒有什麼特別。我們在一起用了晚飯後就分手離去。

我回到了家中，白素早在一個月前，出門旅行，至今未歸，所以家中顯得很冷清，我聽了一會音樂，就坐着看電視。

電視節目很乏味，使我有昏然欲睡之感，我雖然對着電視機坐着，可是心中仍然在想：為什麼羅洛要繪這幅地圖？那花園，一點也沒有特異之處，像羅洛這樣的人，最好一天有四十八小時，他是絕沒有空閒，來做一件毫無意義的事情的。

如果肯定了這一點，那麼，羅洛為什麼要繪這幅地圖，就是一個謎了。我在想，我是應該解開這個謎的。如果我找到羅洛的地圖所繪的地方，是在剛果腹地，那麼我毫不猶豫，就會動身到剛果去。

可是，那地方，卻只不過是花園，汽車行程，不過二十分鐘，雖然這件事的本身，仍然充滿了神秘的意味，但是一想到這一點，就一點勁也提不起來了！

在不斷的想像中，時間過得特別快，電視畫面上打出時間，已經將近十二點了！

我打了一個呵欠，站了起來，正準備關上電視機時，新聞報告員現出來，在報告最後的新聞，本來，我也根本沒有用心去聽，可是，出自新聞報告員口中的一個名字突然吸引了我。

那名字是：唐月海教授。

當我開始注意去聽新聞時，前半截報告員講的話，我並沒有聽到，我只是聽到了下半截，那報告員在說：「唐教授是國際著名的人類學家，他突然逝世，是教育界的一項巨大損失。」

聽到了「他突然逝世」這句話時，我不禁笑了起來，實在太荒謬了，兩小時之前，我才和他分手，他怎麼會「突然逝世」？電視台的記者，一定弄錯了。

我順手要去關電視，但這時，螢光幕上，又打出了一張照片來，正是唐月海的照片。

望着那張照片，我不禁大聲道：「喂，開什麼玩笑！」

照片消失，報告員繼續報告另一宗新聞，是越南戰爭什麼的，我也聽不下去，我在電視機前，呆立了半晌，才關掉了電視機。

就在這時候，電話鈴突然響了起來，我抓起了電話，就聽到了阮耀的聲音，阮耀大聲道：「喂，怎麼一回事，我才聽到收音機報告，說唐教授死了？」

我忙道：「我也是才聽到電視的報告，我只聽到一半，電台怎麼說？」

阮耀道：「電台說，才接到的消息，著名的人類學家，唐月海教授逝世！」

我不由自主地搖着頭：「不會的，我想一定是弄錯了，喂，你等一等再和我通電話，我去和博士聯絡一下，問問他情形怎樣。」

阮耀道：「好的，希望是弄錯了！」

我放下電話，呆了半晌，正準備撥樂生博士的電話號碼之際，電話鈴又響了起來，我拿起電話時，心中還在想，阮耀未免太心急了。

但是，自電話中傳來的，卻並不是阮耀的聲音，而是一個青年的聲音。

那青年問：「請問衛斯理先生。」

我忙道：「我是，你是——」

那青年抽噎了幾下，才道：「衛叔叔，我姓唐，唐明，我爸爸死了！」

唐月海中年喪偶，有一個孩子，已經念大學一年級，我是見過幾次的，這時，聽到他那麼說，我呆住了，我立時道：「怎麼一回事？我和令尊在九點半才分手，他是怎麼死的？」

唐明的聲音很悲哀：「衛叔叔，現在我不知如何才好，我還在醫院，你能不能來幫助我？」

我雖然聽到了電視的報告，也接到了阮耀的電話，知道電台有了同樣的報道，但是，我仍然以為，一定是弄錯了。自然，我也知道弄錯的可能性是微乎其微的，但是那怎麼可能呢？唐月海怎可能突然死了呢？

這時，在接到了唐月海兒子的電話之後，那是絕不可能有錯的了！

第四部

危險記號全是真的！

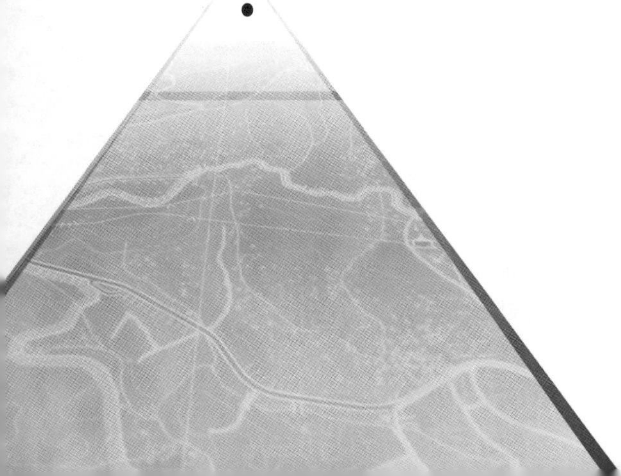

我呆了好一會，說不出聲來，直到唐明又叫了我幾下，我才道：「是，我一定來，哪間醫院？」

唐明將醫院的名稱告訴我，又說了一句：「我還要通知幾位叔叔伯伯。」

我也沒有向他再問通知什麼人，我放下電話，立時出了門。當我走出門的時候，我像是走進了冰窖一樣，遍體生寒。

人的生命真的如此之兒戲？兩小時之前，唐月海還是好端端的，忽然之間，他就死了？

我感到自己精神恍惚，是以我並沒有自己駕車，只是召了一輛街車，直赴醫院。

在醫院的門口下車，看到另一輛街車駛來，車還未停，車門就打開，一個人匆匆走了出來，那是樂生博士。

我忙叫道：「博士！」

樂生博士抬起頭來看我，神色慘白，我們一言不發，就向醫院內走，醫院的大堂中，有不少記者在，其中有認得樂生博士的，忙迎了上去，但是樂生博士一言不發，只是向前走。

我和樂生博士來到了太平間的門口，走廊中傳來一陣急促的腳步聲，我轉過頭去看，只見阮耀也氣急敗壞地奔了過來。

一個身形很高、很瘦的年輕人，在太平間外的椅子上，站了起來自我介紹：「我是唐明。」

他的雙眼很紅，但是可以看得出，他是經得起突如其來打擊的那種人。我道：「令尊的遺體呢？」

唐明向太平間的門指了一指，我先深深地吸了一口氣，然後才和樂生博士、阮耀一起走了進去，唐明就跟在我們的後面。

從樂生博士和阮耀兩人臉上的神情，我可以看得出，他們的心情，和我是一樣的，那便是：我們的驚訝和恐懼，勝於悲哀。

自然，唐月海是我們的好朋友，他的死亡，使我們感到深切的悲哀。但是，由於他的死亡，來得實在太過突兀了，是以我們都覺得這件事，一定還有極其離奇的內幕，這種想法，我們都還不能說出具體的事實來，只是在心中感到出奇的迷惘，也正因為如此，所以沖淡了我們對他死亡的悲哀。

太平間中的氣氛是極其陰森的，一個人，不論他的生前，有着多麼崇高的地位，有着多麼大的榮耀，但是當他躺在醫院太平間的水泥台上之際，他就變得什麼也沒有了，所有已死去的人，都是一樣的。

我們在進了太平間之後，略停了一停，唐明原來是跟在我們身後的，這時，越過了我們，來到了水泥台，他父親的屍體之前。

我們慢慢地走向前去，那幾步距離，對我們來說，就像是好幾哩路遙遠，我們的腳步，異常沉重，這是生和死之間的距離，實在太遙遠、太不可測了。

唐明等我們全都站在水泥台前時，才緩緩揭開了覆在唐月海身上的白布，使我們可以看到唐月海的臉部。

當他在那樣做的時候，他是偏過頭去的，而當我們看到了唐月海的臉時，也都嚇了一大跳。

死人的臉，當然是不會好看到什麼地方去的，而唐月海這時的臉，尤其難看，他的口張得很大，眼睛也瞪着，已經沒有了光采的眼珠，彷彿還在凝視着什麼，這是一個充滿了驚恐的神情，這個神情凝止在他的臉上，他分明是在極度驚恐中死去的。

我們都一起深深地吸了一口氣，太平間中那種異樣的藥水氣味，使我有作嘔的感覺。我想說幾句話，可是卻一點聲音也發不出來。

唐明看來比我們鎮定得多，他緩緩轉過頭，向我們望了一眼，然後，放下了白布。

我們又不約而同地嘆了一口氣，樂生博士掙扎着講出了一句話來，他是在對唐明說話，他道：「別難過，年輕人，別難過！」

唐明現出一個很古怪的神情來：「我自然難過，但是我更奇怪，我父親怎麼會突然死的？」

我們三人互望着，自然我們無法回答唐明的這個問題，而事實上，我們正準備以這個問題去問唐明！

阮耀只是不斷地搔着頭，我道：「不論怎樣，這裏總不是講話的所在。」

我這句話，倒博得了大家的同意，各人一起點着頭，向外走去。

我們出了太平間，唐明就被醫院的職員叫了去，去辦很多手續，我、阮耀和樂生博士三個人，就像傻瓜一樣地在走廊中踱來踱去。

過了足足四十分鐘，唐明才回來，他道：「手續已辦完了，殯儀館的車子快來了，三位是——」

阮耀首先道：「我們自然一起去，我們和他是老朋友了！」

唐明又望了我半晌，才點了點頭。

我和唐明在一起的時間並不多，但是我已覺得，唐明是一個很有主意、很有頭腦的年輕人。

接下來的一小時，是在忙亂和混雜之間度過的，一直到我們一起來到殯儀館，化裝師開始為唐月海的遺體進行化妝，我們才有機會靜下來。

在這裏，我所指的「我們」，是四個人，那是：我、阮耀、樂生博士、唐明。

我們一起在殯儀館的休息室中坐着，這時候，訃聞還未曾發出去，當然不會有弔客來的，是以很冷清，我們坐着，誰也不開口。

好一會，我才道：「唐明，你父親回家之後，做過了一些什麼事？」

唐明先抬頭向我望了一眼，然後，立即低下頭去：「我不知道，他回來的時候，我在房間裏看書，我聽到他開門走進來的聲音，我叫了他一聲，他答應了我一下，就走進了他自己的房間中。」

我問：「那時，他可有什麼異樣？」

唐明搖着頭：「沒有，或者看不出來。他在我房門前經過，我看到他的側面，好像什麼事也沒有，就像平常一樣，然後——」

唐明講到這裏，略頓了一頓。我、阮耀和樂生博士三人，都不由自主，緊張了起來，各自挺了挺身子。唐明在略停了一停之後，立時繼續講下去：「然後，大約是在大半小時之後，我忽然聽到他在房中，發出了一下尖叫聲——」

唐明講到這裏，皺着眉，又停了片刻，才又道：「我應該用一些形容詞來形容他的這下叫聲，他的那下叫聲，好像……十分恐怖，像是遇到了意外。我一聽到他的叫聲，便立時來到他的房間，問他發生了什麼事，他卻說沒有什麼，叫我別理他。」

我也皺着眉：「你沒有推開房門去看一看？」

唐明道：「我做了，雖然他說沒有事，但是他那下叫聲，實在太驚人了，是以我還是打開門，看看究竟有什麼事發生。」

阮耀和樂生博士兩人異口同聲地問道：「那麼，究竟發生了什麼事？」

唐明搖着頭：「沒有，沒有什麼事發生，房間中只有他一個人，只不過，他的神情，看來很有點異樣，臉很紅，像是喝了很多的酒。」

我道：「是恐懼形成的臉紅？」

唐明搖着頭，道：「就當時的情形看來，他的神情，並不像是恐懼，倒像是極度的興奮！」

我、阮耀和樂生博士，三人互望了一眼，都沒有出聲，因為就算要我們提問題，我們也不知道該問什麼才好。

唐明繼續道：「我當時問道，爸爸，你真的沒有什麼事？他顯得很不耐煩，揮着手：『沒有事，我說沒有事，就是沒有事，出去，別管我！』我退到了自己的房間中，心中這一直在疑惑着，就在這時，我聽到了他發出的第二下呼叫聲。」

唐明講到這裏，呼吸漸漸急促了起來。顯然，他再往下說，說出來的事，一定是驚心動魄的。

我們屏住了氣息，望着他，唐明又道：「這一次，我聽到了他的呼叫聲，立時衝了出去，也沒有敲門，就去推門，可是門卻拴着，我大聲叫着他，房間裏一點反應也沒有，我就大力撞門，當我將門撞開時，我發現他已經倒在地上了！」

我失聲道：「已經死了？」

唐明道：「還沒有，我連忙到他的身邊，將他扶了起來，那時他還沒有死，只是急促地喘着氣，講了幾句話之後才死去的。」

我們三個人都不出聲，唐明抬起頭來，望着我們，神情很嚴肅，他緩緩地道：「他臨死之前所講的幾句話，是和三位有關的！」

我們三個人又互望了一眼，阮耀心急，道：「他究竟說了些什麼？」

唐明再度皺起眉來，道：「他說的話，我不是很明白，但是三位一定明白的。他叫着我的名字說：『你千萬要記得，告訴樂生博士、衛斯理和阮耀三個人，那些危險記號，全是真的，千萬別再去冒險！』」

當唐明講出了那句話之際，其他兩人有什麼樣的感覺，我不知道，而我自己，只覺得有一股涼意，自頂至踵，直瀉而下，剎那之間，背脊上冷汗直冒，雙手也緊緊握住了拳。

唐明在話出口之後，一直在注視着我們的反應，但我們三個人，彷彿僵硬了一樣。

唐明道：「他才講了那幾句話，就死了。三位，他臨死之前的那幾句話，究竟是什麼意思？」

我們仍沒有回答他。

對於一個不知道事情的來龍去脈的人而言，要明白唐月海臨死之前的那幾句話，究竟是什麼意思，自然不是一件容易的事。

然而，對我而言，唐月海臨死之前的那幾句話，意思卻再明白也沒有了。

他提及的「那些危險記號」，自然是指羅洛那張地圖上，在那一小塊塗上金色的地區附近所畫的危險記號。

在探險地圖上，這種危險記號，是表示極度的危險，可以使探險者喪生的陷阱！

唐月海說的，就是那些記號！

可是，在明白了唐月海那幾句話的意思之後，我的思緒卻更加迷惘、紊亂了。

因為，我們已然確知，羅洛的那幅神秘的地圖，繪的是阮耀的花園，那一小塊被塗上金色的，是一座被拆去了的亭子的台基，那些危險記號，就分佈在那亭子台基的四周圍。

當時，我們幾個人，都絕沒有將這些危險記號放在心上，因為我們看不出有絲毫的危險來。

也正因為如此，所以唐月海才會在其中一個危險記號的所在地，揭起一塊石板。

而當唐月海揭起那塊石板來的時候，也什麼事都沒有發生。可以說，當時，我們完全不曾將地圖上的危險記號，放在心上！

但是，現在卻發生了唐月海突然死亡這件事！

揭起那塊有危險記號的石板的是唐月海，他突然死亡，而且在臨死之前，說了那樣的話，要我們千萬不可以再去涉險。

那麼，唐月海的死，是因為他涉了險？

可是，他所做的，只不過是揭起了草地上的一塊石板，當時什麼事也沒有發生，真的什麼事也未曾發生過！如果說，因為在羅洛的地圖上，在那地方，註上了一個危險的記號，那麼人便會因之死亡，這實在是匪夷所思的事情。

然而，現在發生在我們眼前的，就是這樣匪夷所思的一件事！

唐明仍然望着我們，而我們仍然沒有出聲。

我相信，樂生博士和阮耀一定也明白唐月海臨死之前所講的那幾句話究竟是什麼意思，而他們的心中，一定比我更亂，更說不出所以然來！

還是唐明先開口，他道：「我父親做了些什麼事？他曾到一個很危險的地方去探險？」

我苦笑了起來：「唐明，你這個問題，我需要用很長的敘述來回答你。」

唐明立即道：「那麼，請立即說。」

他在說了這句話之後，停了一停，或許覺得這樣對我說話，不是很禮貌，所以他又道：「因為我急切地想知道，他是為什麼會突然死亡的！」

整件事情，實在是一種講出來也不容易有人相信的事，但是，在這件事情中，唐明既然已經失去了他的父親，他就有權知道這整件事情的經過。

我向阮耀和樂生博士望了一眼，覺得整件事，如果由樂生博士來說，他可能辭不達意，由阮耀來說的話，那更會沒有條理，還是由我來說的好。

於是，我就從羅洛的死說起，一直說到我們發現羅洛的地圖，繪的就是阮耀花園為止。

當然，我也說了，唐月海在地圖上有危險記號的地方，揭了一塊石板的那件事。

唐明一直用心聽着，當我講完之後，他的神情有點激動，雙手緊握着拳：「三位，你們明知這是一件有危險的事，為什麼不制止他？」

我們三個人互望着，我道：「唐明，地圖上雖然有着危險記號，但是事實上，我們都看不出有什麼危險來。唐教授一定也覺得毫無危險，是以他才會那麼做的！」

唐明的臉漲得很紅：「如果沒有危險，何以羅洛要鄭重其事地在地圖上，加上危險的記號，我父親的死，是你們的疏忽。」

唐明這樣指摘我們，使我和樂生博士，都皺起了眉頭，覺得很難堪，但是我們卻沒有説什麼，然而，阮耀卻沉不住氣了。

阮耀道：「我不知道羅洛為什麼要畫這張地圖，也不知道他根據什麼要在地圖上加上危險的記號。而事實是：我的花園中決不會有什麼危險的！」

唐明卻很固執，他毫不客氣地反駁着：「事實是，父親死了。」

我忙搖着手：「好了，別爭了，唐教授的死因，我相信醫院方面，一定已經有了結論。」

唐明嘆了一口氣：「是的，醫生説，他是死於心臟病猝發。許多不明原因的死亡，醫生都是那麼説的，又一個事實是：我父親根本沒有心臟病！」

我也嘆了一聲：「或許令尊的死亡，我們都有責任，但是我決不可能相信，他是因為翻起了那塊石板之後，招致死亡的。」

我講到這裏，略停了一停，才又道：「那地圖上，註有危險記號的地方有十幾處，我也可以去試一下，看看我是不是會死。」

阮耀顯然是有點負氣了，他聽了我的話之後，大聲道：「我去試，事情是發生在我的花園裏，如果有什麼人應該負責的話，那麼我負責！」

在阮耀講了那幾句話之後，氣氛變得很僵硬，過了幾分鐘，唐明才緩緩地道：「不必了，我父親臨死之際，叫你們決不可再去冒險，我想，他的話，一定是有道理的，這其中，一定有着什麼我們不知道的神秘因素，會促使人突然死亡，那情形就像——」

我不等他講完，就道：「就像埃及的古金字塔，進入的人，會神秘地死亡一樣？」

唐明點了點頭，阮耀卻有點誇張地笑了起來：「我不怕，我現在就去！」

他真是個躁脾氣的人，說了就想做，竟然立時站了起來，我一把將他拉住：「就算你要試，也不必急在一時，忙什麼！」

阮耀仍然有悻然之色，他坐了下來，我們都不再出聲，我的思緒很亂，一直到天快亮了，我才挨在椅臂上，略瞌睡了片刻。

然後，天亮了。唐月海是學術界極有名的人物，弔客陸續而來，唐明和我們都忙着，一直到當天晚上，我們都疲憊不堪，唐月海的靈柩也下葬了，我們在歸途中，阮耀才道：「怎麼樣，到我家中去？」

我知道他想什麼，他是想根據地圖上有危險記號的地方，去移動一些什麼，來證明唐月海的死亡，和他的花園是無關的。

我也覺得，唐月海的死，和阮耀的花園，不應該有什麼直接的關係，唐月海的死因既然是「心臟病猝發」，那麼，他在臨死之前，就可能有下意識的胡言亂語。但是，事實是，唐月海死了，所以我對於阮耀的話，也不敢表示贊同。

我知道，如果我們不和阮耀一起到他的家中去，那麼，他回家之後的第一件事，一定就是先去「涉險」。

固然他可能發生危險的可能性，幾乎等於零，但如果再有一件不幸的事發生的話，只怕我和樂生博士的心中，都會不勝負擔了！

我和樂生博士所想的顯然相同，我們互望了一眼，一起點頭道：「好！」

阮耀駕着車，他一聽得我們答應，就驅車直駛他的家中，他一下車，就直向前走，一面已自口袋中，取出了那張地圖的照片來。

當他來到了那花園之際，幾個僕人已迎了上來，阮耀揮着手，道：「着亮燈，所有的燈！」

幾個僕人應命而去，不多久，所有的燈都着了，水銀燈將這花園照得十分明亮，阮耀向前走出了十來步，就停了下來。

我和樂生博士一直跟在他的身後，他站定之後，揮着手，道：「你們看，我現在站的地方，就有一個危險記號，你們看，是不是？」

我和樂生博士在他的手中看着那張地圖的照片，阮耀這時站立之處，離那個亭基約有十餘碼，在那地方的左邊，是一株九里香，不錯，羅洛的地圖上，阮耀所站之處，確然有一個危險記號。

我和樂生博士都點了點頭，阮耀低頭向下看看：「哈，唐明這小伙子應該也在場，現在你們看到了，我站的地方，除了草之外，什麼也沒有！」

我們都看到的，不但看到，而且，還看得十分清楚，的確，在他站的地方，是一片草地，除了柔軟的青草之外，什麼也沒有。

阮耀又大聲叫道：「拿一柄鏟來，我要在此地方，掘上一個洞！」

他又大聲叫道：「快拿一柄鏟來！」

一個僕人應聲，急匆匆地走了開去，而阮耀已然捲起了衣袖，準備掘地了！

在那一剎間，我的心中，陡地升起了一股極其異樣的感覺。

阮耀雖然是一個暴躁脾氣的人，但是，在大多數的情形之下，他卻是一個十分隨和的人，決不應該這樣激動，這樣認真的。

這時候，如果唐明在的話，他那樣的情形，還可以理解。可是，唐明卻不在。

阮耀這時候的情形，使我感到熟悉，那是異乎尋常的，和他以往的性格不合的，那就像——

當我想到這裏的時候，我陡地震動了一下！

我想起來了，那情形，就像是唐月海在這裏，用力要掀起那塊石板時的情形一樣！

當時，唐月海的行動，也給我一種異樣的感覺。唐月海平時是一個冷靜的人，是一個典型的書生。可是當時，他卻不理人家的勸阻，激動得一定要將那塊石板揭了起來，我還可以記得當時他推開我，以及用力過度而臉漲得通紅的那種情形！

這正是阮耀現在的情形！

我心頭怦怦跳了起來，這時，一個僕人已然拿着一柄鐵鏟，來到了阮耀的身邊，阮耀一伸手，接過了那柄鐵鏟來，同時，粗暴地推開了那僕人。

他接了鐵鏟在手，用力向地上掘去，也就在那一剎間，我陡地叫道：

「慢！」

我一面叫，一面飛起一腳，「噹」地一聲，正踢在那鐵鏟上，將那柄鐵鏟，踢得向上揚了起來，阮耀也向後退出了一步。

他呆了一呆：「你幹什麼？」

我道：「阮耀，你何必冒險？」

阮耀笑了起來：「在這裏掘一個洞，那會有什麼危險？」

我忙道：「阮耀，你剛才的情緒很激動，和你平時不同，你心中有什麼異樣的感覺？」

阮耀的手中握着鐵鏟，呆呆地站着，過了好一會，才道：「沒有，我有什麼異樣的行動了？」

我道：「也說不上什麼特別異樣來，只不過，你的舉止粗暴，就像唐教授前天要揭開那塊石板之前一樣。」

阮耀又呆了片刻，才搖頭道：「沒有什麼，我覺得我沒有什麼異樣？」

樂生博士一直在一旁不出聲，這時才道：「或許，人站在地圖上有危險記號的地方，就會變得不同！」

我和阮耀兩人，都一起向樂生博士望去，樂生博士所說的話，是全然不可理解的，但是，也不能說完全沒有道理，因為當日，唐月海在將我推開的時候，他就是站在那塊石板上！

我想站到那地方去，但是樂生博士已先我跨出了一步，站在那上面了。

我看到他皺着眉，突然發出了一下悶哼聲，接着，他低頭望着腳下，他腳下的草地，一點也沒有什麼出奇之處，我大聲道：「你在想什麼？」

樂生博士不回答，我來到了他的身前，用力推了他一下，他才跌開了一步，才道：「你剛才在想什麼？為什麼不說話？」

樂生博士吸了一口氣：「很難說，你自己在這上面站站看。」

我立時打橫跨出一步，站了上去。

當我在站上去之後，我並不感到有什麼特別，可是幾乎是立即地，我覺得十分焦躁。那種焦躁之感，是很難形容的，好像天陡地熱了起來，我恨不得立時將衣服脱去那樣。

然後，我低頭向下望着，心中起了一股強烈的衝動，要將我所在的地方，掘開來看看。

在那時候，我的臉上，一定已現出了一種特殊的神情來，因為我聽到樂生博士在驚恐地叫着：「快走開！」

他一面説，一面伸手來推我，可是我卻將他用力推了開去，令得他跌了一跤。

緊接着，有一個人向着我，重重撞了過來，我給他撞得跌出了一步。

而就在我跌出了一步之後，一切都恢復正常了，我也看到，將我撞開一步的，不是別人，正是阮耀。

阮耀在撞我的時候，一定很用力，是以連他自己，也幾乎站不穩，還是樂生博士將他扶住了的。

等到我們三個人全都站定之後，我們互望着，心中都有一股説不出來的奇異之感，一時之間，誰都不知該説什麼才好。

過了好一會，阮耀才抓着頭，道：「這是怎麼一回事，我實在不明白。」

樂生博士道：「我也不明白！」

他們兩個人，一面説着「不明白」，一面向我望了過來。我知道他們的意思，以為我經歷過許多怪誕的事，大概可以對這件事有一個合理的解釋之故。但是我卻顯然令得他們失望了。

因為我也同樣地莫名其妙，所以我給他們的答覆，只是搖頭和苦笑。

阮耀繼續搔着頭：「我們三個人，都在這上面站過，這裏看來和別的地方沒有絲毫分別，但是在羅洛的地圖上，卻在這上面註上了極度危險的記號，是不是？」

我和樂生博士都點着頭：「是！」

阮耀揮着手：「而我們三個人，都在站在這地方之後，心中起了一股衝動，要掘下去看一看，是不是？」

阮耀並不是一個有條理的人，他不但沒有條理，甚至有點亂七八糟。可是這時，他講的話，卻是十分有條理的，所以我和樂生博士繼續點着頭。

阮耀望着我們，攤開了手，提高了聲音：「那麼我們還等什麼，為什麼不向下掘掘，看看究竟地下有着什麼，竟能夠使站在上面的人，有這樣的想法！」

第五部

桌上的兩個手印

我苦笑了一下：「阮耀，我和你以及樂生博士，都知道為了什麼不向下掘。」

阮耀道：「因為唐教授的死？」

我和樂生博士，都沒有什麼特別的表示。那並不是說我們不同意阮耀的話，而是因為那是明顯的、唯一的理由，不需要再作什麼特別的表示之故。

樂生博士皺起了眉：「我想，昨天，當唐教授站在那塊石板之上，後來又用力要將那塊石板掀起來之際，他一定也有着和我們剛才所體驗到的同樣的衝動！」

我和阮耀點頭，樂生博士又補充道：「我們又可以推而廣之，證明凡是羅洛的地圖上該有危險記號的地方，人一站上去，就會有發掘的衝動！」

我和阮耀兩人又點着頭。

要證明樂生博士的推論，其實是很簡單的，羅洛地圖上的危險記號有近二十個，我們隨便跨出幾步，就可以站定在另一個有危險記號的地上。

但是，我們卻並沒有再去試一試，而寧願相信了樂生博士的推論。

那並不是我們膽子小，事實已經證明，光是站在有危險記號的地上，是不會有什麼危險的，可是我們卻都不約而同地不願意去試一試。

那自然是因為我們剛才，每一個人都試過的緣故。那種突然之間發生的衝動，在事先毫無這樣設想下，突然而來的那種想法，就像是刹那之間，有另一個人進入了自己的腦部，在替代自己思想一樣，使人有自己不再是自己的感覺，這種感覺，在當時還不覺得怎樣，可是在事後想起來，卻叫人自心底產生出一股寒意來，不敢再去嘗試。

在我們三個人又靜了片刻之後，幾個在我們身邊的僕人，都以十分驚訝的眼光望着我們，根本不知道我們在幹些什麼。

阮耀忽然又大聲道：「唐教授是心臟病死的！」

樂生博士道：「或者是，但是他在臨死之前，卻給了我們最切實的忠告！」

阮耀有點固執地道：「那是他臨死之前的胡言亂語，不足為信。」

我搖着手：「算了，我看，就算我們掘下去，也不會找到什麼，就像唐月海掀開了那塊石板一樣，什麼也沒有發現，但是卻有可能帶來危險，我們何必做這種沒有意義的事？」

阮耀翻着眼，心中可能還有點不服氣，可是他卻也想不出話來否定我的意見，只是瞪着我。

就在這時候，幾下犬吠聲，自遠而近，傳了過來，隨着犬吠聲的傳近，一隻巨大的長毛牧羊狗，快步奔了過來，在阮耀的腳邊嗅着、推擦着。

阮耀突然高興地道：「有了，這隻狗，最喜歡在地上掘洞埋骨頭，這裏的泥土很鬆，叫牠來掘一個洞，看看下面有什麼。」

那隻狗，是阮耀的愛犬，阮耀這樣說，顯然仍是不相信唐月海臨死之前的警告。

事實上，要是說我和樂生博士已經相信了唐月海的警告，那也是不正確的。樂生博士的心中究竟怎麼想，我不知道，就我自己而言，我只覺得這件事，由頭到現在，可以說充滿了神秘的意味，幾乎一切全是不可解釋的。在一團迷霧之中，唐月海臨死前的警告，雖然不足為信，可是也自有它的分量。

當時，阮耀那樣説了，我和樂生博士還沒有表示什麼意見，他已經走向前去，用腳踢着草地，將草和泥土，都踢得飛了起來，同時，他叱喝着那頭狗。

那頭長毛牧羊狗大聲吠叫着，立時明白了牠的主人要牠做什麼事，牠蹲在地上，開始用前爪在地上用力地爬掘着。

我、樂生博士和阮耀三人，都退開了一步，望着那頭牧羊狗在地上爬掘着。

那頭牧羊狗爬掘得十分起勁，一面掘着，一面還發出呼叫聲來，泥塊不斷飛出來，濺在我們褲腳之上。

在這以前，我從來也沒有看到過一頭狗對於在泥地上掘洞，有這樣大的興趣的。這時我不禁想，這頭狗，是不是也和我們一樣，當牠接觸到那畫有危險記號的土地時，也會產生那種突如其來，想探索究竟的衝動？

這自然只是我的想法，而且這種設想，是無法獲得證實的。因為人和狗之間的思想，無法交通。

我們一直望着那頭狗，牠也不斷地掘着，約莫過了十五分鐘，地上已出現了一個直徑有一呎，深約一呎半的圓洞，可是，除了泥土之外，什麼也沒有發現。

我首先開口：「夠了，什麼也沒有！」

阮耀有點不滿足：「怎麼會什麼也沒有呢？這下面，應該有點東西的！」

我為了想使神秘的氣氛沖淡些，是以故意道：「你希望地下埋着什麼，一袋的鑽石？」

阮耀卻惱怒了起來，大聲道：「我有一袋的鑽石，早已有了！」

阮耀又瞪了我一眼，才叱道：「別再掘了！」

他一面說，一面俯身，抓住了那頭長毛牧羊狗的頸，將狗頭提了起來。那牧羊狗發出了一陣狂吠聲，像是意猶未盡一樣，直到阮耀又大聲叱喝着，牠才一路叫着，一路奔了開去。

我們又向那個洞看了一看，洞中實在什麼也沒有，在整齊的草地上，出現了這樣一個洞，看來十分礙眼，阮耀向站立在一旁的僕人道：「將這個洞掩起來！」

我也道：「時候不早了，我們也該回去了！」

阮耀忙道：「衛斯理，如果不是因為我剛才的話生氣的話，不必那麼急於回去。」

我笑了起來：「誰和你這種人生氣！」

阮耀高興地道：「那我們就再去談談，老實說，不論唐教授的死因是什麼，究竟大探險家羅洛，為什麼要將我的花園，繪成地圖，這一點也值得研究，我希望能夠弄個水落石出。」

樂生博士笑道：「那只有問地下羅洛了，要不是我們已將他的一切，全都燒掉了，或者還可以在他的工作筆記中，找出一個頭緒來。可是現在，卻什麼都不存在了，誰能回答這個問題？」

我嘆了一聲：「真要是什麼全在當時燒掉，倒也沒有事情了，偏偏當時又留下了那幅地圖！」

我們是一面說着，一面向屋內走去的，等到來到小客廳中，我們一起坐了下來。

阮耀道：「羅洛到我這裏來的次數並不多，而且，他從來也沒有向我說過我的花園有什麼值得特別注意的地方！」

我心中一動：「他從來也沒有向你提及過你的花園？你好好想一想！」

阮耀先是立即道：「沒有！」但是接着，他道：「等一等，有，我想起來了！」

我和樂生博士都挺了挺身子，羅洛和阮耀的花園，究竟曾有過什麼關係，對這件事來說，實在是太重要了！

阮耀道：「是的，有一次，羅洛在我這裏，還有一些不相干的人，那天我在舉行一個酒會，羅洛忽然問我，這一片土地，是我的哪一代祖宗開始購買的。」

我忙道：「你怎麼回答他？」

阮耀道：「我說，我也不知道了，如果一定想知道的話，在這一大群建築之中，有一處我從來也不去的地方，那是家庭圖書館，有關我們家族的一切資料，全保存在這個圖書館中。」

樂生博士也急急問道：「當時，羅洛在聽了之後，有什麼反應？」

阮耀苦笑着：「我已記不起了，因為我根本沒有將這件事放在心上。」

我又道：「你提到的那個家庭圖書館，現在還在？」

阮耀道：「當然在，不過已經有很多年沒有人進去過了，對之最有興趣的是我的祖父，我記得小時候，我要找他，十次有八次，他在那裏。後來我祖父死了，我父親就不常去，父親死了之後，我簡直沒有去過。」

我的思緒十分紊亂，我忽然想到了幾個問題，這幾個問題，可能是和整件事完全沒有關係的，但是也可能和整件事，有着極大的關連。

我問道：「阮耀，你祖父和你父親都是在壯年時死去的，是不是？」

阮耀皺着眉：「是。祖父死的時候，只有五十歲，我父親是五十二歲死的。」

我又問道：「那麼，你的曾祖呢？你可知道他是幹什麼的，他的情形如何？」

阮耀瞪着我：「怎麼一回事？忽然查起我的家譜來了？」

我道：「請你原諒，或者這是我的好奇心，也可能和整件神秘莫測的事有闊。阮耀，在你祖父這一代，你們阮家，已經富可敵國了，你們阮家如此龐大的財產，究竟是哪裏來的？」

阮耀眨着眼：「我不知道，我承受的是遺產，我除了用錢之外，什麼也不懂。」

我又追問道：「你的父親呢？他也是接受遺產的人，你的祖父呢？」

阮耀有點惱怒：「在我的記憶之中，我也未曾看到我祖父做過什麼事。」

我站了起來：「那麼，你們家，是在你曾祖哪一代開始發迹的了，如果是這樣的話，為什麼你對創業的曾祖知道得那麼少？」

阮耀惱怒增加：「你是不是在暗示，我祖上的發迹，是用不名譽的手段獲得的。」

我笑了起來：「別緊張，就算我真有這樣的意思，也與你無干，美國的摩根家族，誰都知道他們是海盜的後裔，又有什麼關係？」

阮耀怒道：「胡說！」

樂生博士看到我們又要吵了起來，忙道：「別吵了，這有什麼意思？」

我又坐了下來：「我的意思是，羅洛既然曾經注意過這一大片地產的來源，我們就也應該注意一下。我想，羅洛可能進過阮耀的家庭圖書館。」

阮耀道：「我不知道有這件事？」

我望着他：「如果你不反對的話，我倒想去查一些資料，可能對解決整件事都有幫助。」

阮耀爽快得很，一口答應：「當然可以！」

樂生博士好像有點不贊成我的做法，在我和阮耀兩人都站了起來之後，他還是坐着，阮耀道：「博士，請你一起去！」

樂生博士還沒有站起來，就在這時，只聽得一陣腳步聲，一個僕人急促地奔了過來。

阮耀有點惱怒，叱道：「什麼事？」

那僕人這才迸出了一句話來，道：「阿羊，阿羊死了！」

樂生博士本來是坐着的，可是一聽得那僕人叫出了這樣的一句話，他就像被人刺了一錐一樣，霍地站了起來，我和阮耀兩個人也呆住了。

我們都知道「阿羊」是誰，「阿羊」就是那隻長毛牧羊犬。這種牧羊犬，就是在瑞士終年積雪的崇山峻嶺之中，專負責救人的那種。這種長毛牧羊狗的生命力之強，遠在人類之上。

自然，長毛牧羊狗也一樣會死的，可是，在不到半小時之前，牠還可以稱得上生龍活虎，在半小時之後，牠就死了，這怎麼可能！

我望着樂生博士和阮耀兩人，他們兩人的臉色，都變得出奇地白，連一句話也講不出來，我自然知道他們想些什麼。

他們在想的，和我想的一樣，唐月海死了，因為他曾掀起一塊石板；那隻狗死了，因為牠掘了一個洞。

這兩個地方，都是在羅洛的地圖上有着危險記號的，唐月海臨死之前，曾警告過我們，那危險記號是真的，切不可再去冒險。

如果，在地上掘洞的，是阮耀的話，情形會怎樣呢？

我想到這一點的時候，轉開向阮耀望去，阮耀面上的肌肉，在不由自主地顫動着，由此可知他的心中，正感到極大的恐懼。

那僕人還睜大眼睛在喘氣，我首先發問：「阿羊是怎麼死的？」

那僕人道：「牠先是狂吠，吠聲古怪得很，吠叫了不到兩分鐘，就死了。」

我來到阮耀的面前：「阮耀，我們去看看這頭死了的狗。」

阮耀的聲音在發抖：「要去看……死狗？」

我按着他的肩：「要是你心情緊張的話，喝點酒，你不去看死狗也算了，但是我一定要去看一看。」

樂生博士趁機道：「我也不想去了。」

我向那僕人望去：「死狗在哪裏？」

那僕人道：「就在後面的院子。」

我和那僕人一起走了出去，在快到那個院子的時候，那僕人用十分神秘的聲音問我：「衛先生，發生了什麼事？狗怎麼會死的？」

我皺着眉，道：「我也不知道。」

那僕人的臉上，始終充滿了疑惑的神色，我則加快了腳步，到了那院子，我看到幾個僕人圍着，我撥開了兩個人，看到狗的屍體。

狗毫無疑問是死了，身子蜷曲着，我撥開了牠臉上的長毛，我也不知道這樣做是為了什麼，或許我是想看看，牠臨死之際，是不是和唐月海一樣，有着極度的恐懼之感。

但是我是白費功夫了，因為我無法看得出狗的神情，我站起身來，所有的僕人，都望住了我，我吸了一口氣：「沒有傷痕？」

一個僕人道：「沒有，牠一直很健康的，為什麼忽然會死了？」

我仍然沒有回答那僕人的這個問題，只是道：「那養魚池的花園，你們別去亂掘亂掀，千萬要小心一點，別忘了我的話。」

一個年紀較老的僕人用充滿了恐懼的聲音道：「衛先生，是不是那裏有鬼？」

我忙道：「別胡說，那裏只不過有一點我們還弄不明白的事情，最好你們不要亂來。」

我講完之後，唯恐他們再向我問難以答覆的問題，是以又急步走了回來。

當我走回小客廳的時候，我看到樂生博士和阮耀兩人的手中都捧着酒，但是酒顯然沒有使他們兩個人鎮定多少，他們兩人的手都在發抖。

阮耀失聲地問我：「怎麼樣？」

我道：「完全沒有傷痕就死了，我並沒有吩咐僕人埋葬，我想請一個獸醫來解剖一下，研究一下牠的死因。」

樂生博士道：「沒有用的，找不出真正的死因來的。」

我嘆了一聲，也替自己倒了一杯酒，大口地喝着，阮耀不斷道：「究竟是什麼緣故？究竟是什麼原因？其實那地方，一點危險也沒有！」

我大聲道：「我們一定會找出原因來的，我看，我們剛才的話題，有繼續下去的必要，請你帶我到你的家庭圖書館去看看！」

阮耀仰着頭，望定了我。

我又重複道：「羅洛既然曾注意過這個問題，我就希望能在你們的家庭圖書館中，找出一點頭緒來。」

阮耀嘆了一口氣：「衛斯理，你知道麼？你固執得像一頭驢子。」

阮耀用這樣的話對付我，已不是第一次了，我當然不會因此發怒，我只是冷冷地回答他：「有很多事，其他動物做不到的，驢子可以做得到！」

阮耀拿我沒有辦法，從他的神情看來，他好像很不願意給我去參觀他的家庭圖書館，他望了望我，又向樂生博士望去，帶着求助的神色。

樂生博士拍了拍我的肩頭：「算了，我不以為你在阮耀的家庭圖書館中，會有什麼收穫，而且，很多巨富家庭圖書館中，收藏着他們家族的資料，是不歡迎外人參觀的！」

我聽得樂生博士那樣説法，心中不禁大是高興，因為我一聽就可以聽出，樂生博士表面上，雖然勸我不要去，但是骨子裏，分明是在激阮耀帶我去！

阮耀並不是一個頭腦精明的人，樂生博士這樣說了，我再加上幾句話，到那時，就算我和樂生博士怎麼樣不願意去，他也會硬拉我們去的！

所以，我立即像做戲一樣，用手拍着額角，向樂生博士道：「你看我，怎麼想不起這一點來，不錯，很多這樣的情形，會有些不可告人的秘密，我太不識趣了！」

我的話才一說完，阮耀已然大聲叫了起來：「走，我們走！」

我幾乎忍不住大聲笑了出來，樂生博士一面向我眨着眼，一面還在一本正經地問道：「走？到哪裏去？」

阮耀氣吁吁地道：「到我的家庭圖書館去，告訴你們，我的家族，並沒有什麼不可告人的秘密，你們也找不到什麼東西！」

我終於忍不住笑了起來：「阮耀，你不必生那麼大的氣！」

阮耀瞪着眼：「事實上，我剛才的猶豫，是因為我們有一條家規，不是阮家的子弟，是不許進那地方的——」他講到這裏，略頓了一頓，才又道：「但是現在不要緊了，因為阮家根本只剩下我一個人，我是一家之主，可以隨便更改家規，來，我帶你們去！」

看到阮耀這種情形，雖然那是我意料之中的事，但是我心中卻多少有點內愧之感。

我和樂生博士都沒有再說什麼，而阮耀已然向外走去，我們跟在他的後面。

我在前面已經説過，阮耀家佔地如此之廣，因此雖然是在他的家裏，從一幢建築物到另一幢建築物之間，也要使用一種電動的小車輛。

我們就是乘坐着這種電動的小車子，經過了幾幢建築物，穿過了很多草地，最後，又在兩幢建築物中的一條門巷中穿了過去，停在一幢房子之前。

在月色中看來，那幢房子，真是舊得可以，那是一幢紅磚砌成，有着尖形屋頂的平房，幾乎沒有窗子，一看就給人一種極陰森的感覺。

而且，這幢屋子的附近，平時也顯然很少人到，因為雜草叢生，和阮耀家別的地方整理得有條有理的情形完全不同。

我們下了車，一直來到那幢房子的門前，阮耀道：「這屋子，據說是我曾祖造的，在我祖父的晚年，才裝上了電燈，我還記得在裝電燈的時候，我祖父每天親自來督工，緊張得很，其實，裏面除了書之外，並沒有旁的什麼，我極少上來這裏！」

我已經來到了門口，看到了堅固的門，門上扣着一柄極大的鎖。

我望着那柄鎖：「我看你不見得會帶鎖匙，又要多走一次了！」

阮耀則已走了上去拿着那具鎖，我這才看清，那是一柄號碼鎖，阮耀轉動着鎖上的號碼鍵，不到一分鐘，「啪」地一聲，鎖已彈了開來。

樂生博士笑道：「阮耀，你居然記得開鎖的號碼，真不容易！」

阮耀笑道：「不會忘記的，我出生的年份、月、日，加在一起，就是開鎖的號碼。」

我略呆了一呆：「這辦法很聰明，不見得是你想出來的吧！」

阮耀道：「你別繞彎子罵我蠢，的確，那不是我想出來的，我父親在的時候，開鎖的號碼，是他的生日，祖父在的時候，是他的生日！」

我心中又升起了一陣疑惑，這個家庭圖書館，毫無疑問，對阮家來說有着極其重要的作用，要不然，決不會鄭重其事到每一代的主人，都用他的生日來作為開鎖的號碼的。

這時，阮耀已經推開了那重厚厚的橡木門。

阮耀沒有說錯，我估計至少有三年，他不曾推開這扇門了，以致當他推開門的時候，門口的絞鍊，發出可怕的「尖叫」聲來。

這種聲音，在寂靜的半夜時分聽來，更加使人極不自在。

門打開之後，阮耀先走了進去，我和樂生博士跟在後面，門內是一個進廳，阮耀已着亮了燈。大約是由於密不通風的緣故，是以屋內的塵埃，並不是十分厚，只不過是薄薄的一層。

經過了那個進廳，又移開了一扇鑲着花玻璃、古色古香的大門，是一個客廳。

阮耀又着亮了燈，在這個客廳中，陳設全是很古老的，牆上掛着不少字畫，其中不乏精品，但是顯然阮耀全然不將它們當一回事。

奇怪的是，我看不到書。

我向阮耀望去，道：「書在哪裏？」

阮耀道：「整個圖書館，全在下面，這裏只不過是休息室！」

他向前走，我們跟在後面，出了客廳，就看到一道樓梯盤旋而下。阮耀一路向前走，一路着燈，當我們來到樓梯口的時候，他已着亮了燈。

這幢屋子的建築，真是古怪，它最怪的地方，是將普通房子的二樓，當作了一樓，而一樓，則是在地下的，我們站在樓梯口子上，向下望去，下面是一個很具規模的圖書館，四面全是書櫥，櫥中放滿了書，有一張很大的書桌放在正中，書桌前和書桌旁，都有舒服的椅子。

阮耀一着亮了燈，就向下走去，可是，他才走了兩步，就陡地停了下來，失聲叫道：「你們看！」

當阮耀向下走去的時候，我們也跟在後面。我的心中，自從來到了這幢屋子前面之際，就有一種異樣的感覺，這時，這感覺更甚了！

但是，我卻還沒有看出，下面有什麼不妥之處來。

直到阮耀突然一叫，手又指着下面，我和樂生博士，一起站住。

阮耀的手，指着那張巨大的書桌，在燈光下，我們都看到，書桌上積着一層塵，可是，卻有兩個手印，那兩個手印之上，也積着塵，只不過比起桌面上的塵來，比較薄一些，所以雖然一樣灰濛濛地，但是卻也有着深淺的分別，一望可知！

阮耀的聲音變得很尖利：「有人來過！」

的確，再沒有頭腦的人，看到了這樣的情形，也可以知道，那是在屋子關閉了若干時日之後，有人進過了，將手按在桌子上，所以才會有這樣的手印留下來的。而從手印上，又有薄薄的積塵這一點來看，這個人來過到現在，又有相當時日了！

我忙道：「別緊張，這個人早已走了，我們先下去看看再說！」

阮耀的神情顯得很激動，他蹬蹬蹬地走下去，到了桌子之旁，又叫道：「是羅洛，羅洛到過這裏，桌上的手印，是他留下來的！」

我和樂生博士也到了桌前，望着桌上的兩個手印。

本來，要憑在塵上按出的兩個手印斷定那是什麼人曾到過這裏，這是一件很困難的事。

但是，阮耀一説那是羅洛留下來的，我和樂生博士卻立即同意了他的說法，我們兩人同時失聲道：「是，羅洛曾到過這裏。」

我們之所以能立時肯定這一點，道理說出來，也簡單得很。

羅洛是一個探險家，當他在澳洲內陸的沙漠中旅行的時候，左手的無名指上，曾被一條毒蜥蜴咬過一口。當時，他幸而立時遇到了當地的土人，用巫藥替他醫治，他才得以逃出了鬼門關。但是自此以後，他的左手無名指卻是彎曲而不能伸直的，這一點，作為羅洛的老朋友，我們都知道。

而現在，桌面上的那兩隻手印，右手與常人無異，左手的無名指卻出奇地短，而且，指尖和第一節之間是斷了的，那就是說，按在桌上的那人，左手的無名指是彎曲不能伸直的，是以他的雙手，雖然按在桌面上，但是他的無名指卻不能完全碰到桌面。

我們三人互望了一眼，阮耀很憤怒，漲紅了臉：「羅洛這傢伙，真是太不夠朋友了，怎麼可以偷進我這裏來？」

我走近桌子，仔細地觀察着：「阮耀，羅洛已經死了，你的問題不會有答案，我們還是來研究一下，他究竟在這裏幹了些什麼事的好！」

我一面說，一面也將雙手按在那兩個手印之上。

我的身形和羅洛差不多高，當我將雙手按上去的時候，我發現我只能站着，而且，這樣站立着，將雙手按在桌面上的姿勢，只可能做一件事，那就是低着頭，一定是極其聚精會神地在看桌面上的什麼東西。

而就在這時，我又發現，在兩個手印之間，桌面和積塵之上，另有一個淡淡的痕迹，那是一個方形痕迹。

羅洛當時，雙手按在桌上，究竟是在作什麼，實在是再明白也沒有了，他的面前，當時一定曾放着一張紙，他是在察看那張紙上的東西。

由於紙張比較輕，所以留下的痕迹也較淺，又已經過了若干時日，自然不如手印那麼明顯，要仔細觀察，才能看得出來了。

我直起了身子：「你們看，羅洛在這裏，曾經很聚精會神地看過什麼文件。」

阮耀還在生氣，他握着拳，並且揮動着：「我真想不到羅洛的為人如此卑鄙！」

我皺了皺眉道：「我想，羅洛那樣做，一定是有原因的，我倒想知道，羅洛在這裏找到了什麼，令他感到了如此的興趣！」

第六部

日記簿中的怪事

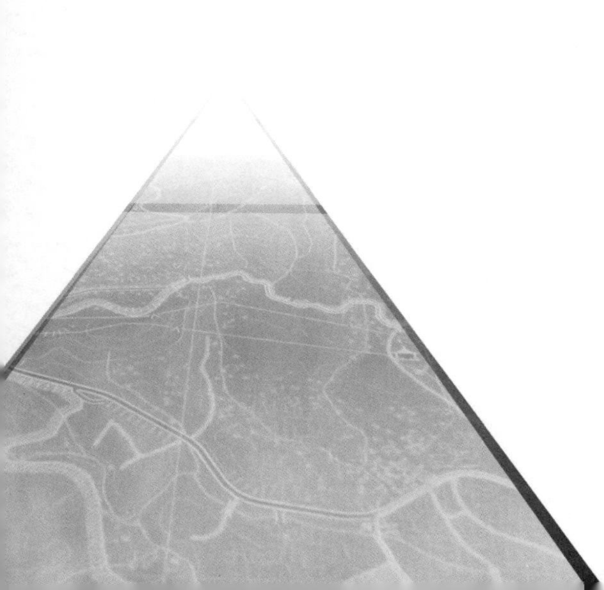

樂生博士道：「那應該不難，這裏到處都有積塵，羅洛開過哪些書櫥，也很容易找得出來的！」

我和樂生博士開始一個書櫥一個書櫥仔細地去尋找，很多書櫥中，放的全是很冷門的縣志之類的書籍，還有很多古書，其中頗有些絕了版的好書。

阮耀來到了我的身後，跟着我一起走着，不到半個小時，所有的書櫥，全都看遍了。

在這裏，作為一個私人的藏書而言，已經可以算得是極其豐富的了，可是我卻感到失望，因為所有的書，全是和阮氏家族無關的，也就是説，作為一個「家庭圖書館」而言，竟沒有家族的資料的部分！

我望着阮耀：「沒有了？」

阮耀點頭道：「全在這裏了，但是還有一個隱蔽的鐵櫃，裏面也有不少書，我可以開給你們看！」

他一面説，一面來到了壁爐之旁，伸雙手去捧壁爐架上陳設着的一隻銅虎頭。

他的雙手還未曾碰上這隻銅虎頭，就又叫了起來：「你們看，羅洛他是怎麼知道我這個秘密的？」

我和樂生博士一起走向前去，的確，這隻銅虎頭，看來曾被人觸摸過，因為上面的積塵，深淺不一。

我和樂生博士都現出疑惑的神色來，阮耀的神色，變得十分嚴重：「這是我們家中最嚴重的秘密。我一直是在父親垂死之際，才從他的口中得知的，而他又吩咐我，這是一個重大的秘密，除非我在臨死之際，才能告訴我的兒子！」

我和樂生博士互望了一眼，都覺得這件事十分嚴重。因為阮家是如此的一個巨富之家，他們家裏的這個重大的秘密，一定關係着許多重大的事！

我道：「在你知道了這個秘密之後，你難道沒有打開過這個鐵櫃來看過？」

阮耀道：「自然打開來看過，你以為我是個沒有好奇心的人？」

我有點急不及待地問道：「那麼，櫃裏有些什麼？」

阮耀嘆了一聲：「等一會你就可以看到了，幾乎全是信，是我上代和各種各等人的通信，還有一些日記簿，當時我看了一些，沒有興趣再看下去，從此我也沒有再打開過。」

阮耀一面說，一面雙手按住了那隻銅鑄的虎頭，緩緩旋轉着。

在他轉動那銅鑄的虎頭之際，有一列書架，發出「格格」的聲響，向前移動，可以使人走到書架的後面，我們三個人一起走到書架之後，牆上是一扇可以移動的門。

阮耀伸手，將那道門移向一旁，門一移開，就現出了一個鐵櫃來。

那個鐵櫃的樣子，可以說一點也沒有特別之處，它約有六呎高，兩呎寬，分成十層，也就是說，有十個抽屜，阮耀立時拉開一個抽屜來，道：「你們看，都是些陳年八股的信件。」

我順手拉了一扎信件出來，一看之下，就不禁嚇了老大一跳。

我之所以吃驚的原因，是因為我一眼望到的第一封信，信封上就貼着四枚海關闊邊的大龍五分銀郵票。這種郵票的四連，連同實寄封，簡直是集郵者的瑰寶！

我以前曾介紹過，說阮耀是一個有着蒐集癖的人，可是他卻真正是個怪人，他不集郵，理由是集郵太普通，人人都在集，為了表示與眾不同，他蒐集汽車！

自然，我的吃驚，立時就化為平淡了，因為我記起進來的時候，那客廳中所掛的字畫之中，其中有好幾幅，價值更是難以估計的，這些郵票與之相比，無疑是小巫之見大巫了！

而那些名畫，一樣在蒙塵，何況是這些郵票？

我再看了看信封，收信人的名字，是阮耀的祖父，信是從天津寄出來的。

阮耀道：「你可以看信件的內容，看了之後，包你沒有興趣。」

既然得到了阮耀的許可，我就抽出了信箋來，那是一封標準的「八行」，寫信人是告訴阮耀的祖父，他有一個朋友要南下，託阮耀的祖父，予以照頭的。

我放回信箋：「如果羅洛打開這隻鐵櫃，那麼，他要找的是什麼呢？」

我一面問，一面順手將那扎信放了回去，阮耀卻道：「你弄錯次序了，這裏的一切東西，全是編號的，信沒有看頭，看看日記怎麼樣？」

阮耀一面說，一面又拉開一個抽屜來，他皺着眉：「羅洛一定曾開過一個抽屜，有兩本日記簿的編號，你看，調亂了！」

我順着他所指看去，毫無疑問，從編號來看，的確是有兩本日記簿的放置次序是調轉了的。

在這裏，我必須補充一句，這個抽屜中的所謂「日記簿」，和我們現在人對於「日記簿」的概念，完全不同，它們決不是硬面燙金道林紙的那種，而只不過是一疊疊的宣紙所釘成的厚厚一本本的簿子。

那時，我陡地緊張了起來：「羅洛曾經動過其中的一本！」

阮耀伸手將兩本簿子一起拿了出來，他將其中的一本交在我的手上，他自己則翻着另一本。

我將那本日記簿翻動了幾頁，就失聲道：「看，這裏曾被人撕去了幾頁！」

阮耀伸頭，向我手中看來，失聲罵道：「羅洛這豬！我雖然沒有完全看過這些日記的內容，但是我每一本都曾翻過，我可以發誓，每一本都是完整無缺的！」

那本日記簿，被撕去的頁數相當多，紙邊還留着，我在阮耀說那幾句話的時候，數了一數：「一共撕去了二十九張，而且撕得很匆忙，你看，這裏留下的紙邊很寬，還有半行字可以看得到。」

我將那簿子舉向前，我們一起看着，日記簿中的字，全是用毛筆寫的，剩下的半行字，要推測是屬於什麼句子，那確實是很困難的事。

我連忙又翻到被撕走之前的一頁，去看那一天的日記，日記開始是日期，那是「辛酉秋九月初六日」，算算已是超過一百年前的事了。

那一日日記中所記的，全是一些很瑣碎的事情，老實說，抄出來也是沒有意思的。

值得注意的，是日記的最後，記着一件事：

「慧約彼等明日來談，真怪事，誠不可解釋者也。」

我們三個人，都同時看到了這一行字，我一時之間甚至忘記下面的日記是已被撕去的，因為從這句話來看，下一天的日記中一定記載着一個叫「慧」的人，和其他的幾個人——「彼等」，會來談一件不可解釋的怪事，日記中對這件怪事，是應該有記載的。所以我急於知道那是一件什麼怪事。

可是，翻到下一頁之後，看到的日期，卻已經是「辛酉年十月初四日」了。

我們三個抬起頭來，互望了一眼，阮耀忙道：「再翻翻前面看，或許還有記着這件事的！」

我道：「我們別擠在這裏，走出去看！」

我拿着那本日記簿來到了桌子旁，當我將那本日記簿放到桌上的時候，我們三個人一起叫了起來！

攤開的日記簿，放在桌上，恰好和桌面上，那個積塵較淺的方印，同樣大小！

我本來曾推測，羅洛曾在這桌前，手按在桌上看過什麼文件的。現在，更可以肯定，羅洛當時所看的，一定就是日記簿，或許就是這本！

我們三個人一起叫了起來的原因，就是因為我們在同時想到了這一點的緣故。

我將日記簿再翻前一頁，那就是辛酉年的九月初五。日記中沒有記着什麼，我再翻前一天，那是同年的九月初四日。

那一天，日記一開始就記着：「慧來。」

可是，只有兩個字，其餘的一切，就完全和這個「慧」是沒有關係的了！

我望了阮耀一眼：「你是不是知道這個『慧』是什麼人？」

阮耀苦笑道：「我怎麼會知道？那是我曾祖父的日記，這個人，當然是他的朋友。」

我急忙又翻前一頁，完全沒有什麼值得注意的，再向前翻去，再翻了三天，才又有這個「慧」字出現。

這一天，日記上記着：「慧偕一人來，其人極怪，不可思議。」

我們三人，又抬頭互望了一眼，阮耀頓足道：「真糟糕，怪成什麼樣，為什麼不詳細寫下去？」

我道：「你不能怪你曾祖父的，他一定曾詳細記載着這件事的，只不過已經被人撕掉了，我想，羅洛是將之帶回家中去了！」

樂生博士苦笑了起來：「而羅洛的一切東西，全被我們燒掉了！」

阮耀又伸手，向前翻了一頁，那一天，也有「慧」的記號，這樣：「慧信口雌黃，余直斥其非，不歡而散。」

至於那位「慧」，究竟講了些什麼，在日記中自然沒有記載。

再向前翻去，什麼收穫也沒有，我又往後翻，翻到了十月初九日，那一天，阮耀的曾祖父記着：「富可敵國，已屬異數，余現堪稱富甲天下，子孫永無憂矣。」

我望了阮耀一眼，阮耀道：「你看，我曾祖父，在一百多年之前已經富甲天下了！」

我皺着眉：「可是你覺得麼？他的富，好像是突如其來的！」

阮耀道：「你為什麼這樣說？」

我翻過前面，指着一頁給他看，那一頁上寫着：「生侄來，商借紋銀三両，余固小康，也不堪長借，拒之。」

我道：「你看到了沒有，不到一個月之前，他在日記中，還只是自稱小康！」

阮耀瞪着眼，這是再確鑿不過的證據，他自然無法反對的。

阮耀呆了半晌，才道：「在不到一個月之間，就算從事什麼不法的勾當，也不可能富甲天下的。」

我道：「我並沒有這樣的意思，我只是說，令曾祖的發迹，是突如其來的。」

阮耀賭氣不再出聲，只是翻着日記簿，那個「慧」再也未曾出現過。

我們翻完了這一本日記簿，樂生博士立時又取過了另一本來，可是那一本，對我們更是沒有幫助了，那一本日記簿中，所記載的，全是阮耀的曾祖父突然變成了巨富之後的事情。

阮耀的曾祖父，在變成了巨富之後，建房子，花錢，幾乎凡是大筆的數字支出，都有着記錄，我們草草翻完了這本日記簿，互望着，阮耀搔着頭：「奇怪，大筆的支出，都有着記錄，但是，我現在所有的這一大幅地，是從什麼人手中買進來的，為什麼日記上一個字也未曾提到過？」

我呆了一呆，阮耀這個人要說他沒有腦筋，那真是沒有腦筋到了極點。但是，有時候，他提出來的問題，也真足以發人深省。這件事的開頭，根本就是因為阮耀的一個問題而起的——當時，阮耀的手中抓着一幅地圖，他問：地圖上的金色是什麼意思？

這時，他又問出了這樣一個問題來，我和樂生博士兩人互望了一眼，都無法回答他的問題。

的確，什麼支出，只要是大筆的，都有着記載。照說，阮耀他的曾祖，突然成為暴富之後，他買下了那麼一大片土地，就算當時的地價再便宜，也是一筆大數目，何以竟然未曾提及呢？

一想到這裏，非但阮耀搔着頭，連我也搔起頭來，樂生博士道：「可能是令曾祖一有了錢，立即就將這片土地買下來的，日記曾被撕了十幾二十天，可能買地的事情，就記錄在那幾天之中！」

我和阮耀兩人一齊點點頭，在沒有進一步的解釋之前，樂生博士這樣說，應該是最合理的解釋了。

我略想了一想，道：「現在我們的思緒都很亂，讓我來將整個事歸納一下，將歸納所得的記下來，好不？」

阮耀攤着手，表示同意。我拉過一張紙來，一面說，一面寫下了以下幾點。

（一）大探險家羅洛，以阮家花園繪製成了一份四百比一的探險地圖，將其中一幅地塗上金色（已知那是一座亭子的亭基），並在其周圍的若干處地方，註上危險的記號，這種危險的記號，在探險地圖上的意義而言，是表示探險者到達該處，可能遭到不測之險而喪生。

（二）在地圖上註有危險記號之處，表面看來，一無可奇，但是當人站在該處之際，會有發掘的衝動，而且一經觸動該處，就會招致神秘的死亡。

（三）羅洛可能是根據阮耀曾祖的日記，繪製成這幅神秘的地圖的。

（四）阮耀的曾祖，在生前，曾遇到過一件極其奇怪、不可思議的事，這件事的真相已不可知，因為記載着有關這件事真相的日記，已被人（極可能是羅洛）撕去。但是和這件神秘事件有關的人中，有一個人的名字叫「慧」，還有幾個陌生人。

（五）這件神秘的事，使阮耀的曾祖突然致富。

我寫下了這五點之後，給阮耀和樂生博士兩人看了一遍，問道：「你們有異議麼？」

他們兩人都點頭：「沒有。」

我拿着紙：「我們雖然已發現了這五點，但是對整件事，仍然沒有幫助，因為我們所有的問題，還不止五個，我再將它們寫下來。」

我又一面說，一面將問題寫下來。

問題一：羅洛繪製這幅神秘地圖的用意何在？

問題二：為什麼看來絕無危險之處，卻真正蘊藏着令人死亡的危險？

問題三：使人和狗神秘死亡的力量是什麼？

問題四：阮耀曾祖當年所遭遇到的、不可思議的事是什麼？

問題五：「慧」和那個陌生人是什麼人？

問題六：阮耀曾祖父何以在神秘事情中致富？

問題七：當我寫到「問題七」的時候，阮耀插口道：「其實，千個萬個問題，併起來只有一個，為什麼在地圖上，塗着一塊金色？」

我將這個問題寫了下來：「是的，這是一個根本的問題，要解決這個問題的最簡單和最直接的方法，是將你花園中那座已被拆除的亭基再拆除，並且將之掘下去，看看究竟是為了什麼原因！」

樂生博士勉強笑道：「誰不知道那是最直截了當的做法，可是那樣做，會有什麼後果？」

我苦笑着，攤着手：「我不知道，唐教授死了，一頭壯得像牛一樣的狗也死了，他們的死亡，是由於一種神秘的力量，我不知道如果照我的説法去做，會有什麼後果，所以我們不能照這個辦法進行！」

阮耀嘆了一聲，道：「最直截了當的辦法，不能實行，轉彎抹角，又不會有結果，我看，我真快要瘋了，該死的羅洛！」

我心中也不禁在詛咒該死的羅洛，阮耀又道：「那是我們自己不好，做朋友做得太好了，羅洛臨死之前的那個古怪的囑咐，如果我們根本不聽他的話，那麼在他的遺物之中，一定可以找出答案來的！」

樂生博士苦笑道：「話也可以反轉來説，如果我們根本完全依羅洛的話去做，不留下那幅地圖來，那麼，也就什麼事都沒有了！」

我揮着手：「現在再來説這些話，是一點意義也沒有的，我想，那個『慧』既然曾幾度在令曾祖的日記中出現，可能他會有什麼信寫來，我們再在舊信件中詳細找一找！」

阮耀和樂生博士不再說什麼，我們將鐵櫃中的信全部取了出來，然後一封一封地看着。

我們是在地下室中，根本不知時間去了多久，看那些舊信，直看得人頭昏腦脹，腰痠背痛，疲乏不堪，天可能早已亮了，但是我們還是繼續看着，不知過了多久，樂生博士才道：「看看這張便條！」

我和阮耀忙湊過頭，在樂生博士的手中，去看他拿着的那張字條。

他手中的那張字條，紙張已經又黃又脆，上面的字還很潦草，但是我們還都可以看得清上面的字。當然，我們最要緊的是看署名。署名，赫然是一個「慧」字。

字條很簡單，只是六七行字，寫的是：「勤公如握，弟遇一極不可解之事，日內當造訪吾公，有以告之，望勿對外人提起。弟世居吳家村，該地有一大塘，為弟祖產也，然竟於一夕之間不見，世事奇者甚矣，未見若此者也，餘面談。」

這張字條，可能是這個「慧」派人送來的，因為在封套上，並沒有郵票。看到了這張字條，我們三個人都不禁有欣喜若狂的感覺。

因為這張字條上寫得雖然簡單，但是對我們來說，卻已然是重大無比的發現了！

首先，我們知道這個「慧」，是世居在吳家村的，那麼，他極有可能姓吳，我們不妨假定他是吳慧先生。

第二，我們知道了所謂怪事，是吳家村，屬於吳慧先生所有的一個大塘，在一夕之間失蹤——這件事，實在有點難以設想，但是字條上卻的確是那樣寫着的。大塘，當然是一個極大的池塘，一個池塘怎麼會不見呢？一座山可以不見，但是池塘要是「不見」，結果一定是出現一個更大的池塘，因為池塘本來就是陷下去的地，上面儲着水之謂。或者可以解釋為整個池塘的水不見了。

然而，池塘中的水消失，和「一個池塘的不見」，無論如何，是不盡相同的事實，而字條上所寫的，卻是「一大塘……一夕之間不見。」並不是說這個大塘在一夜之間乾涸。

而且，還有一件最有趣的事是，阮耀家所在的地名，就叫着「吳家塘」，在若干年之前，這一帶可能是十分荒涼的荒地，但是隨着時代的進步，城市的區域漸漸擴大，這一帶，已變成十分鄰近市區的近郊。但是不論地面上發生了多少變化，地名卻是不變的，這一區，就叫着吳家塘，在阮耀家圍牆之外，新建的那條公路，也叫着「吳家塘路」。

我們三人互望着，我首先道：「阮耀，這裏的地名，叫吳家塘。」

阮耀道：「是。」

我又道：「我想，這裏不是你們的祖居，當令曾祖收到這張條子時，他住的地方，一定是距離吳家塘有若干距離的另一個地區。你看這張字條的封套外寫着『請送獅山坳阮勤先生大啟』，令曾祖是以後搬到這裏來的。」

阮耀道：「當然是，他可能是發了大財之後，在這裏買下了一大片土地的。」

我皺着眉：「這裏附近並沒有一個很大的塘。」

樂生博士道：「衛斯理，你怎麼啦，這張條子上，不是寫着，那個大塘，在一夕之間消失了麼？」

我的腦中亂到了極點，可是陡然之間，在我的腦海深處，如同閃電般地一亮，我想到了！

我「砰」地一聲，用力在桌上敲了一下，大聲道：「你們知道，一個大塘忽然消失的意思是什麼？那不單是説，池塘中的水不見了，而且這個池塘，變成了一大片平地！」

樂生博士和阮耀兩人，面面相覷，一句話也説不上來。的確，我提出了一個這樣的看法，看來是十分荒誕的，不可信的。

但是，除了這個解釋之外，還有什麼解釋呢？

我又道：「事情一定是那樣，一個大塘在一夜之間忽然變成了平地，這正是一件不可思議的怪事！」

阮耀像是有點膽怯，他望了我半晌，才道：「你想說什麼？是不是想說，我這一片地產，就是池塘不見之後生出來的？」

這時候，我因為事情逐漸逐漸有眉目，興奮得什麼疲倦都忘記了，我大聲道：「那一個書櫃中，不是藏着很多縣志麼？拿本縣志來查，快！」

樂生博士和阮耀兩人，也受了我的感染，他們立時從書櫃中，搬出了許多縣志來，有的殘舊不堪，有的還相當新，全是吳家塘所在縣的縣志。

我們還只是略略翻了一翻，就發現本縣的縣志，有着截然不同的兩個版本。一個還是清朝嘉慶年間所刻的，另一部，卻刻在幾十年前。

我們先翻那部舊的，不多久，就找到了「吳家塘」，不論從文字，還是從簡單的圖來看，那是一個極大的池塘，縣志上還有着這個大塘東西、南北的距離。

當阮耀看到了那個「吳家塘」簡單的圖形之後，他的雙眼有點發直。

我忙推着他：「你怎麼啦？」

阮耀道：「這個大池塘……它的大小、形狀，就正好和我的地產相仿！」

我又翻那部新刻的縣志，在新刻的縣志中，吳家塘已經沒有了，但是還保留着名字，而且還特別寫着「地為本縣首富阮勤所有，阮公樂善好施……等等。」

我抬起頭來：「看到沒有，這位阮勤先生，他在發財之後，一定出錢重刻了縣志，並且將原來的縣志銷毀了，只剩下這一部，自此之後，沒有人會知道這一大片土地原來是一個池塘，而且，這個池塘，還是在一夜之間消失的！」

樂生博士道：「可是，當時，吳家村中不能沒有人，別人也應該會知道的啊！」

我道：「當然可能知道，但是有幾個可能，第一、當時，吳家塘本來就是很荒僻的地區，居民不多。第二、阮耀的曾祖發了財之後，錢可通神，要收買鄉下人，是再容易不過的事，連縣志都可以改刻，何況其他。」

阮耀有點生氣：「我看不出我的曾祖父為什麼要在這件事上騙人。」

我略停了一停，才道：「阮耀，你不應該看不出來的，那張字條上，寫得明明白白，吳家塘是吳慧的祖產，這個大塘消失了，變成了一片土地，這片土地，自然也應該屬於吳慧所有，可是，從你曾祖那一代起，就成了你們阮家的產業！」

阮耀冷笑着：「那又有什麼可以值得奇怪的，我的曾祖父向那個吳慧買下了這塊地。」

我沒有再出聲，這幅地，是阮耀的曾祖向吳慧買下來的，自然有此可能，但是，也有更多別的可能，那事實，一定曾被記在日記之中，可惜的是，日記中最重要的幾頁，被人撕走了！

樂生博士看出我和阮耀之間的氣氛不怎麼對頭，他道：「我們好像離題愈來愈遠了，我們研究的是何以人會神秘死亡，那地圖上的金色，代表什麼，並不是研究阮家是怎麼發迹的！」

我嘆了一口氣，道：「可是，你不能不承認，事情是由阮耀的曾祖父開始一直傳下來的！」

樂生博士向我使了一個眼色，又向阮耀噘了噘嘴，我向阮耀看去，只見阮耀的面色變得很難看。

我伸手拍了拍阮耀的肩頭：「別介意，不論當年發生過什麼事，事情已經過去了一百多年，再也不會有什麼人追究的了。」

當時，我看到阮耀的面色很陰森，而我卻並沒有予以多大的注意，因為我實在太疲倦了。我一面打着呵欠，一面道：「我們也該休息一下了！」

樂生博士也打着呵欠：「是啊，天該亮了吧！」

他一面說，一面看看手表，然而，大聲叫了起來，道：「不得了，已經十點鐘了！」

阮耀仍然沒有說什麼，在這時，絕對想不到，阮耀對他的祖上的名譽，竟看得如此之甚，以致他竟會不顧一切，做出我們已有默契，大家都不敢做的事來。

當時，我們一起離開了這陰森的建築物，到了外面，陽光普照，我和樂生博士向阮耀告辭，阮耀也不挽留我們，我們分了手，我和樂生博士都回了家。

到了家裏之後，我舒舒服服地洗了一個熱水澡，看看早報，然後躺下來，睡着了。

這一覺，一直睡到夕陽西下才醒，我彎身坐在牀上，又將整件事想了一遍，覺得事情多少有點眉目了。

阮耀的那一大片地產，原來竟是一個大池塘，那的確很出人意外。

一個很大的池塘，在什麼樣的情形下，會在一夜之間，變成了平地的呢？

這實在是一個任何人所回答不出的問題。自然，地殼的變動，可以使一個大湖在地球表面消失，甚至變成一座高山。但是，我已經盡可能找了所有的資料，絕無一點迹象，表示在那一夜之間，曾經有過地震什麼的事情，那一帶更不會有火山爆發。

可是，一個大池塘，卻在一夜之間，變成了平地！

現在，困擾我們的一切神秘莫測的事情，可以說都是從這個叫着「吳家塘」的大塘，在一夜之間消失而引起來的。

我想了一會，樂生博士就打了電話來，他在電話中問我，是不是和阮耀聯絡過，我説沒有，但是，我準備和他通電話。

樂生博士要我和阮耀通電話之後，將結果告訴他。我放下電話聽筒，又拿起來，撥着號碼，打通了之後不多久，我就聽到了阮耀的聲音。

阮耀那邊，好像十分吵，不斷傳來「軋軋」的聲響，以致我不得不提高聲音：「阮耀，你已經睡醒了麼？」

阮耀大聲道：「我沒有睡過！」

我略呆了一呆，而他那邊，實在太吵了，我又大聲道：「你那邊怎麼啦，在幹什麼？」

阮耀卻笑了起來：「你猜猜看。」

我不禁有點生氣：「怎麼猜得着？」

阮耀道：「我想，解決問題最直截的方法，自然是將那亭基掘出來看看——」

他話還沒有講完，我已經嚇了一大跳，道：「阮耀，你怎麼能幹這種事！」

第七部

挖掘地面上的金色地區

阮耀道：「為什麼不能，我已經僱了很多工人，工作了好幾個小時了。第一層亭基，已被完全移開，下面是一層花崗石，也被移去了一半，再下面，好像還是一層花崗石，你要不要來看看？」

我深深地吸了一口氣：「當然來，我會和樂生博士一起來！」

我放下電話，馬上將情形對樂生博士說了一遍，然後，我立即離家。

我和樂生博士是同時到達阮耀家門口的，一路向內走進去，不多久，就聽到了風鎬的「軋軋」聲，就像是進入了一個修馬路的工地一樣。

等到我們見到了阮耀的時候，他高興地向我們走來。

我一看到阮耀，也不知哪裏來的一股衝動，立時叫道：「阮耀，快停止！」

阮耀呆了一呆才道：「停止？你看看，如果會有什麼不堪設想的後果的話，現在也已經遲了！」

他一面說，一面向那亭子的亭基指去。

那個亭子，原來是什麼樣的我不知道，因為在我第一次來到阮耀家中的時候，它已經被拆掉了，但是那個亭基，我卻印象深刻。

亭基是大石砌成的，高出地面，這時，我看到一大塊一大塊被掘起來的大石，堆在一旁，約有近十個工人滿頭大汗地工作着，風鎬聲震耳欲聾。

大石的亭基，已完全被夷平了，在水泥下面，是許多塊方形的花崗石，也已有十幾二十塊花崗石，被掘了起來。

可是，在第一層的花崗石被掘起之後，可以看得出，下面的一層，仍然是同樣大小的花崗石。

這時，正有兩個工人在用風鎬鑽動第二層花崗石，我看了半分鐘左右：「還來得及的，阮耀，現在停止，還來得及！」

阮耀反倒道：「為什麼要停止？」

我大聲叫道：「你這樣掘，希望掘點什麼出來？」

阮耀笑道：「你以為會掘出什麼來？下面有一個窖，窖上有太上老君的封條，裏面囚着七十二地煞，三十六天罡？打開之後，會有一股黑氣，直沖——」

阮耀得意洋洋地説着，可是他還沒有説完，我已經大聲一喝：「住口！」

阮耀愕然望着我，我道：「阮耀，你別忘記，光是掀開石板，就導致了唐教授的死亡！」

阮耀吸了一口氣道：「可是，這裏只是塗上金色，並沒有危險記號，而且，我已經開始了半天，大半天了，什麼事情也沒有！」

我望着樂生博士，希望樂生博士站在我的一邊，可是，樂生博士這時反倒向前走去，因為兩個工人，已經用力撬起了第二層的花崗石來。

阮耀也不再理我，向前走去，我只好跟了上去，只見那兩個工人，直起身子，叫道：「阮先生，下面還有一層。」

阮耀、我、樂生博士三人都看到，在第二層的一塊花崗石被吊起來之後，下面仍然是一層同樣的花崗石。

阮耀皺了皺眉，道：「不要緊，你們一直掘下去，我供膳宿，工資照你們平時工作的十倍！」

正在工作的十幾個工人，一聽得阮耀這樣宣布，一起發出了一下呼叫聲，表示極度的滿意，各自起勁地工作着。阮耀道：「你看，沒有事，我已召了另一批工人，連夜工作。」

我沒有說什麼，我也知道，這是發掘秘密的最直接的方法，雖然我也知道，一定會有什麼難以預測的結果發生，但是至少直到現在為止，沒有什麼。

阮耀很起勁地在督工，不多久，天就黑了，這一角早已拉上了燈，另一批工人來到，第一層花崗石，已被全掘了起來，第二層也掘了一大半，第三層也有兩塊花崗石被吊了起來。

在第三層之下，仍然是一層花崗石。

阮耀「哼」地一聲：「哪怕你有一百層，我也一定要掘到底！」

他又望着我們：「我很倦了，要去休息一下，你們在這裏看着，一有發現就來叫我！」

他既然那樣堅決，我自然無法阻止他，樂生博士則根本不想阻止他。

阮耀走了，我和樂生博士看工人工作。

到了午夜時分，第二層花崗石已全部起完，第三層起了一大半，第四層也起出了幾塊，在第四層之下，仍然是一層花崗石。

工人們一面工作，一面議論紛紛，在猜測下面究竟有些什麼。

別說工人好奇，連我和樂生博士看到了這種情形，也是目瞪口呆，我也不相信阮耀會睡得着，但是他也的確要休息一下了。

果然，我和樂生博士，看着工人工作，甚至我們也參加工作，將一塊又一塊的大花崗石，搬起來，移開去，我們才將阮耀「趕」走不到半小時，他又出現了！

他顯然未曾睡着過，因為他雙眼中的紅絲更多，我一見他，就道：「你怎麼又來了？」

阮耀攤着手：「我怎麼睡得着？這裏的情形，怎麼樣了？」

他一面說，一面走了過來。

這時候，由於已經有兩層花崗石全被移了開去，是以原來是亭基的地方，已經陷了下去，他來到了陷下去的邊緣，向下看着，皺着眉，然後抬起頭來，苦笑着：「又是一層！」

我點了點頭：「到現在為止已經發現五層了，我敢說，在第五層花崗石之下，一定是另一層花崗石！」

樂生博士在一旁道：「當初為了造一座亭子，而奠上那麼多層基石，實在是小題大做了，看這情形，在這些基石上，簡直可以造一座大廈！」

我搖了搖頭：「這些石層，顯然不是為上面的亭子而造的，我相信，在花崗石下，一定有着什麼極其離奇的東西！」

阮耀用他充血的眼睛望着我：「衛斯理，你有過各種各樣奇異的經歷，你能不能告訴我，在這些花崗石層下面，有着什麼？」

聽得阮耀這樣問我，我不禁苦笑了起來。

我搖着頭：「我不知道，我相信不是到最後，誰也不會知道的！」

阮耀道：「好，我就掘到最後！」

樂生博士攤着手：「有可能掘到最後，一樣不知道結果！」

樂生博士這樣説法，我倒很表同意，因為世界上，有許多事，根本是沒有結果的。尤其以神秘的事情為然。可是樂生博士這樣説，卻無異是向阮耀潑了一盆冷水，他現出很憤怒的神情來，狠狠瞪着樂生博士。

我已經看出，阮耀這時的精神狀態很不正常。可能是由於他過度疲倦，也可能是由於他過度的期望，總之，如果這種不正常再持續下去，唯一的可能，就是出現更大的不正常。

所以，我伸手輕拍他的肩：「一直掘下去，自然可以掘出一個結果來，但是我看，一層一層的花崗石，不知有多少層，看來不是三五天之內可以有結果的事，你必須休息，我們也要休息了！」

阮耀向我眨着眼睛：「我知道我需要休息，但是我睡不着，有什麼辦法？」

我道：「很簡單，召醫生來，替你注射鎮靜劑，使你能獲得睡眠！」

阮耀又望着我眨了半晌眼睛才道：「好的，我接受你的意見！」

我向樂生博士揮了揮手，我們三個人一起進了屋子，由我打電話，請來了一位醫生。

在醫生未來之前，阮耀只是在屋子中團團亂轉，醫生來了，替他注射了鎮靜劑，我們眼看着他躺在沙發上睡着，才一起離開。

在阮耀家的門口，那醫生用好奇的口吻對我道：「阮先生的精神，在極度的興奮狀態之中，究竟是什麼令得他如此興奮的了？」

我無法回答醫生的話，但是醫生的話，卻使我感到真正有錢的人，實在是很可悲的，他們因為什麼都有了，再也沒有什麼新的事情可以引起他們感官和精神上的新刺激，那樣，生活着還有什麼趣味？

我含糊地道：「是一件很神秘的事，和阮家的祖上有關，現在我也說不上來。」

醫生上了車，我和樂生博士也分了手。我們估計，阮耀這一覺，至少可以睡八小時，那就是說，明天早上，我們再來不遲。

我和樂生博士分手的時候，約定明天早上八時再通電話。我回到了家中，心中也亂得可以，那座亭子的亭基之下，竟有着這麼多層鋪得整整齊的花崗石，那究竟是為了什麼？

難道羅洛地圖上的金色，就是表示亭基下面，有着許多層花崗石？但定，單是一層層的花崗石，是沒有意義的，在花崗石之下，又是什麼秘密呢？

我不知道一直向下掘下去究竟會出現什麼，但是我倒可以肯定，沒有發現則已，一有發現，一定極其驚人。

阮耀僱了那麼多工人，使用了現代的機械，要將那一層又一層鋪得結結實實的花崗石掘起來，尚且要費那麼大的勁，可知當年，在地上掘一個大坑，一層又一層地將花崗石鋪上去的時候，是一項多麼巨大的工程！

這項工程，是在什麼人主持下進行的呢？最大的可能，自然是阮耀的曾祖。

我又想起，阮耀說過，他的祖父，幾乎將一生的時間，全消磨在他們的家庭圖書館之中。那麼，如果假定阮耀曾祖的日記中，有關這件神秘事件的部分，是被羅洛撕掉的，那麼，阮耀的祖父，一定曾看到過這些日記。

我本來是胡思亂想地想着的，可是一想到這裏，我直跳了起來，呆呆地站着。

當時，我們在阮家的家庭圖書館中，找阮耀曾祖的日記，找信札、找資料、翻縣志，絕未曾注意到阮耀祖父遺下的物件！

阮耀的祖父，既然曾看見過那些被撕走的日記，那麼，他對這件神秘的事情，一定有徹底的了解。如果這真是一件神秘的事情，那麼，他的祖父，一定有他自己的思想，極有可能，也在日記上留下什麼來，而我們當時，卻忽略了這一點！當我一想到這一點之際，我感到了極度的興奮。阮耀在羅洛地圖上那塊塗有金色的地方，一直掘下去，自然是最直接的辦法，但是要了解這件神秘的事件，從頭到尾的來龍去脈，還是非從資料上去查究不可。

我明知阮耀這時正由於鎮靜劑的作用而在沉睡，我應該等到明天才去，因為這時候，就算去了，我也無法將他弄醒的。可是，我覺得我們三個人，當時既然忽略了阮耀祖父的日記、手札等類的資料，那麼一定是可以在這一方面有所發現的了！

本來，我已經換上了睡衣，準備睡覺的了，我又匆匆脫下睡衣，阮耀不醒也不要緊，阮家的僕人都認識我，知道我是他們主人的好友，就算我將那家庭圖書館的門鎖，硬弄開來，他們也不會怪我的。

我奔出門口，上了車，已經過了午夜時分，街道上很靜，我駕着車，衝過了好幾個紅燈，直向阮家駛去。

當我的車子駛上通向阮家的那條大路之際，只聽得警車的警號聲，消防車的警號聲，自我的車後追了上來，我不得不將車駛近路邊，減慢速度。

在我的車子減慢速度之際，我看到一輛警車、三輛消防車，以極高的速度向前駛去。

那時候，我還未曾將警車和消防車，與我此行的目的，聯繫在一起。

可是，在三分鐘之後，我卻覺得情形有點不妙了！

那時候，離阮耀的家已相當近，我已經可以看到，前面有烈焰和濃煙冒起，阮耀的家失火了！

我心中怦怦亂跳，連忙加快速度，等到我來到的時候，警員和消防員，已在忙碌地工作，我也看到了起火的地點，那正是阮耀的家庭圖書館。

我從車中跳了出來，向前奔去，兩個警員攔住了我的去路，我急叫道：「我是主人的朋友，有緊急的事情，讓我進去！」

我一面說，一面看到兩個僕人和一個高級警官，一起走了出來，我又叫着那兩個僕人的名字，道：「阮先生醒來沒有？」

那僕人一看到我，就抹着汗：「好了，衛先生來了。阮先生還在睡，唉，這怎麼辦！」

那兩個警員看到了這種情形，就放我走了進去，我直奔向家庭圖書館的建築，灌救工作才剛開始，火舌和濃煙自那幢屋子中直冒出來。

我一把拉住負責指揮救火工作的消防官員，道：「這屋子中有極重要的東西，我要進去將這些東西弄出來！」

那消防官員望着我：「你看到這種情形的了，沒有人可以進得去！」

我抓住了他的手臂，用力搖着他的身子：「我一定要進去，一定要！」

我那時的樣子，看來有點類似瘋狂，那消防官員用力推開了我，我喘着氣：「借衝進火場的設備給我，集中水力替我開路，我要進去。」

消防官員厲聲道：「不行！」

我也厲聲道：「現在，我衝進去，或許還能來得及，要不然，搶救不出東西來，要你負責！」

消防官大聲道：「你是瘋子！」

我嚷叫道：「你別管我！」

我一面叫，一面奔向一輛消防車，拉過了一套衣服來，迅速穿上，在一個消防員的頭上搶下了鋼盔，又抓起了一隻防煙面罩，向前直奔了過去。

在我奔到門口之際，恰好「轟」地一聲響，建築物的門倒了下來，幾條水柱，向門內直射，我略停了一停，全身已被水淋了個濕透。

我只不過停了半秒鐘，就在許多人的齊聲驚叫、呼喝聲中，衝了進去。一衝進門，我就發現，火顯然是從下面燒起來的，也就是說，是在儲藏書籍的地方燒起來的，我冒着濃煙，奔到樓梯口。

樓梯上已全是火，我根本無法向下衝去，而且，我也根本無法望清楚下面的情形。

我在進來的時候，身上雖然被水淋得透濕，但這時，我才衝進來不到一分鐘，我的頭髮，已開始「吱吱」響着，焦捲了起來。

我冒險一腳跨下樓梯去，一大股濃煙，直衝了上來，使我的眼前變成一片漆黑。

我雖然戴着防煙的面具，但是這時也忍受不住，我只感到一陣極度的昏眩，身子向前一側，幾乎要向下直栽了下去！

在這樣的情形下，如果我直栽了下去，那麼，結果只有一個，那就是：在若干小時之後，我的身體被找到，已成一團焦炭！

而也在那千鈞一髮的一剎間，我覺得肩頭上被人用力一扳，接着，有人拉住我的腰際，有人抓住了我，將我的身子，硬拖了出去！

我是不顧一切、硬衝進來的，然而在如今這樣的情形下，我也無法再堅持要衝下去了！

我被拖出了火窟，神志居然還清醒，我看到，將我拖出來的，不是別人，正是剛才阻止我進去的那消防官和另一個消防員。

我除下了防煙面具，望着那急促地喘着氣的消防官苦笑，一時之間，連一句感激他的話都說不出來。

而就在那一剎間，又是「轟」地一聲響，整個建築物的屋頂，都塌了下來。

在建築物的屋頂塌下來之際，我們隔得十分近，真覺得驚天動地，火頭向上直冒了起來，冒得極高，水柱射了上去，完全不受影響。

消防官拉着我，疾奔開了十幾碼，我才喘着氣，道：「謝謝你，謝謝你！」

消防官瞪着我，道：「先生，世界上最貴重的東西是人，雖然有像你這樣的蠢人。」

我的一生之中很少給人這樣子罵過，但這時，那消防官員這樣罵我，我卻被他罵得心悅誠服，我喘着氣，道：「幸虧是你，不然我一定死了！」

消防官不再理會我，轉過身去，指揮救火，又有幾輛消防車趕到，幸好火勢並沒有蔓延開去，但是阮家已然鬧了個天翻地裂。

火勢被控制，在天亮時分，火頭已經完全熄了，只有一點煙冒出來。

我由僕人帶着去洗澡，換衣服，然後，和樂生博士通了一個電話，但是卻沒有人接聽，再去看阮耀。

阮耀還在沉睡，但是他是事主，警方和消防局方面都需要找他問話，商量下來，沒有辦法，只好由我用凍水將他淋醒。

阮耀睜開眼來，一看到我站在他面前，立時翻身坐了起來，道：「可是有了發現？」

我忙搖頭：「不是，昨天晚上，你家裏失火了！」

阮耀呆了一呆，我退開了幾步，他也看到了警方的消防官。

消防官道：「阮先生，燒了一幢建築物。」

我立時道：「就是你的家庭圖書館，昨天晚上，我們還在那裏！」

阮耀跳了起來：「起火的原因是什麼？」

第八部

一場怪火

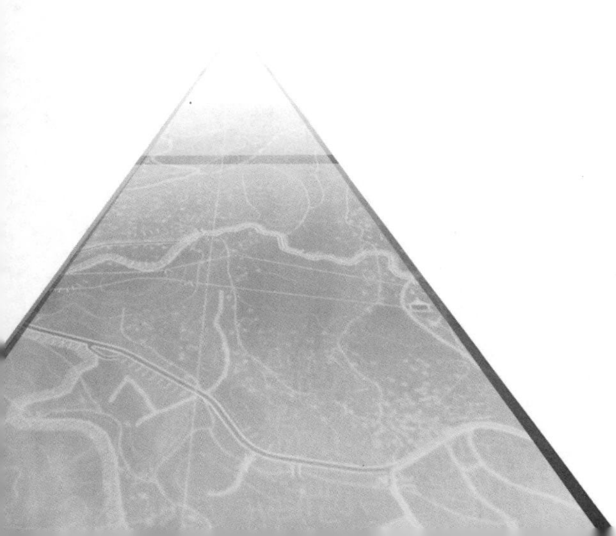

消防官道：「難說得很，據報告的人說，火勢一開始就十分熾烈！」

一位警官道：「是不是有被人縱火的可能？」

阮耀立時道：「不會的，絕不可能，我這裏的僕人，絕不會做那樣的事。」

消防官望了我一眼，向阮耀道：「在那建築物之中，有什麼重要的東西？」

阮耀呆了一呆：「裏面的東西，說重要，當然十分重要，但是大可以說，沒有什麼大關係！」

消防官指着我：「可是這位先生，在火最烈的時候，硬要衝進去搶救東西，只要我慢半秒鐘，他就一定死在火窟之中了！」

阮耀望着我，我苦笑着。

對於我當時的行為，實在連我自己也無法作圓滿的解釋，我只好對阮耀苦笑，從阮耀詫異的神色上，我自然也可以知道，他的心中，覺得十分奇怪。

但阮耀卻應付得很聰明，他道：「衛先生是我最好的朋友，他是不想我家傳的那一些紀念物遭到損失！」

阮耀一面説着，一面道：「我們可以到現場去看一看麼？」

消防官道：「當然可以！」

一行人，一起向外走去，來到了火災的現場，整幢建築物，倒真正是在一夜之間，消失不見了！

由於這建築物是有着一個很大的地下室的，是以火災的現場，看來也和別的火場，有些不同。在地面上，出現了一個極大的坑，許多燒成了漆黑，根本無法辨認它原來面目的東西，大坑中還積着許多水，那是昨晚一夜灌救的結果。

阮耀看着發呆：「看來什麼也沒有剩下！」

我苦笑道：「是的，什麼也沒有剩下！」

我略頓了一頓，又道：「如果昨晚，不是有人救我，我已經燒死了，阮耀，要是我死了的話，是死於意外，還是死於那神秘的力量？」

阮耀摸着他自己的脖子，沒有出聲。

這時，有許多消防員，在移開被燒焦了的大件東西，在作火場的初步清理工作。

阮耀一直望着火場，我則已半轉過身去，就在這時，阮耀突然叫了起來，他的叫聲十分尖，一時之間，所有的人，都向他望來。

我也立時向他看去，只見他伸手指着下面，尖叫道：「我是不是眼花了，看，這是一隻燒焦了的人手！」

在場的所有人，全都吃了一驚，連忙又一起循他所指看去。

而當所有的人，看到阮耀指着的那一處時，人人都呆住了，倒抽了一口涼氣。

阮耀所指的，是一團燒焦了的圓形東西，那東西，還依稀可以看出，是一隻金屬的虎頭。

我自然知道，這虎頭原來是在什麼地方的，它在壁爐架上，轉動它，一隻書櫥移開，出現隱藏在牆中的那個鐵櫃，我們昨晚曾將之打開過。

而這時，在那圓形的焦物體上，有着一隻人手！

要辨別那是一隻人手，實在不是一件容易的事，與其說是人手，還不如說那是一隻燒乾了的猴爪好得多，但是，經阮耀一提，人人都可以看得出，那的確是一隻人手，手腕骨有一截白森森地露在外面，手腕以下部分，完全埋在燒焦了的東西之下！

消防官立時叫了起來：「我們到的時候，所有的人，都說這建築物一直是空置的，根本沒有人！」

阮耀的神色蒼白，道：「的確應該是沒有人！」

我吸了一口氣，像是在自言自語：「這個人是誰？阮耀，你看見沒有，那是那隻銅鑄的虎頭！」

阮耀有點失魂落魄地點着頭，幾個消防員，已經走近那隻恐怖的人手，從四周圍起，開始搬開燒焦了的東西，漸漸地，我們看到了一顆燒焦的人頭。

有一個人，被燒死在裏面，那已經是毫無疑問的一件事了！

如果我再用詳細的文字，記述當時的情形，實在太可怕了，或者還是用

「慘不忍睹」四個字，來籠統形容，比較好一點。

我和阮耀兩人的身子一直在發着抖，我們都無法知道這個焦黑的屍體，是屬於什麼人的，但是無論是什麼人，一個人被燒成那樣子，實在太可怕了。

在足足一個小時之後，焦黑的屍體，才被抬了上來，放在擔架上，警官望着我和阮耀，我們兩人，都搖着頭，表示認不出那是什麼人來。

警官道：「阮先生，你應該將你家裏所有的人，集中起來，看看有什麼人失了蹤？」

阮耀失神地點着頭，對身後的一個僕人，講了幾句，又道：「叫他們全來！」那僕人應命走了開去，不一會，僕人陸續來到，在阮家，侍候阮耀一個人的各種人等，總共有一百多個，總管家點着人數，連挖掘花崗石層的工人，也全叫來了，可是卻並沒有少了什麼人。

阮耀道：「這個人，不是我家裏的！」

這時，一個僕人忽然怯生生地道：「阮先生，昨天晚上，我看見有人，走近這裏！」

好幾個人一起問那僕人道：「什麼人？」

那僕人道：「我……我不認識他，他好像是主人的好朋友，我見過幾次，我看到他一面低着頭，一面走向這裏，口裏還在喃喃自語——」

阮耀頓着腳：「這人是什麼樣子，快說！」

那僕人道：「他留着一撮山羊鬍子——」

那僕人的這一句話才出口，我和阮耀兩人，便失聲叫了起來：「樂生博士！」

這年頭，留山羊鬍子的人本來就不多，而阮耀認識的人，留山羊鬍子的人更只有一個，那就是樂生博士！

我立時問道：「那是昨晚什麼時候發生的事？」

那僕人道：「大約是十二點多，起火之前，半小時左右的事！」

阮耀厲聲道：「混蛋，你為什麼不對消防官說，屋子裏有人？」

那僕人着急道：「我並沒有看到他走進屋子，我不知道他在屋子中！」

我吸了一口氣：「半小時前，我曾和樂生博士通電話，但沒有人接聽。」

那警官立時向我，問了樂生博士的住址，派警員前去調查，我和阮耀兩人，都心亂如麻，一起回到了客廳上，阮耀和警方人員辦例行手續，我坐在沙發上，雙手捧着頭，在想着。

如果那被燒死的人是樂生博士，那麼，他是和我一樣，在昨天晚上離開之後，又回來的了，不過，他比我早了半小時左右。

他為什麼要回來呢，是不是和我一樣，想到了同樣的事情？

我想到這裏，不禁打了一個冷顫！

他是怎樣燒死的，我不知道。

但是，這件慘事，要說和那「神秘力量」沒有關係的話，我也不會相信。

我想到的是，如果我比樂生博士早到，那麼，忽然起火，燒死的是什麼人？

我不禁急促地喘着氣，阮耀送走了消防官，來到了我的面前，在如今這樣的情形下，我們除了相對無語之外，實在一點辦法也沒有！

過了好一會，阮耀才苦笑道：「又死了一個！」

我的身子震動了一下，阮耀的這句話，實在令人震動的，我們一共是四個人，已死了兩個，如果死亡繼續下去，下一個輪到的，不是他，就是我！

我只好自己安慰着自己：「這個死者，未必是樂生博士！」

我這樣說着，實在連我自己也不相信自己的話，當然不能說服阮耀，阮耀只是望着我，苦笑了一下，接下來，我們兩人都變得無話可說了。

過了不多久，那警官便走了進來，我和阮耀一看到他，就一起站了起來。

那警官進來之後，先望着我們，然後才道：「我剛才去過樂生博士的住所！」

這一點，我和阮耀兩人都知道的，我們一面點着頭，一面齊聲問道：「怎麼樣，發現了什麼？」

那警官皺了皺眉，道：「樂生博士是一個人獨居的，有一個管家婦，那管家婦說，她昨天晚上離去的時候，博士還沒有回去睡過覺。」

這一點，雖然已在我的意料之中，但是一路聽警官那樣說，我的心還是一路向下沉。

那警官又道：「我們檢查了樂生博士的住所——」

他講到這裏，頓了一頓，然後，以一種疑惑的眼光，望着阮耀：「博士和你是世交？」

阮耀呆了一呆，道：「什麼意思？」

那警官取出了一張紙條來，道：「我們在博士的書桌上，發現這張字條！」

他一面說，一面將字條遞到我們面前來，我和阮耀都看到，字條上寫着一行很潦草的字：阮耀的祖父，我們為什麼沒有想到阮耀的祖父？

一看到那張字條，我陡地震動了一下，果然不出我所料，樂生博士是和我想到了同一個問題，才到這裏來，而一到這裏來，就遭了不幸！

那警官道：「阮先生，這是什麼意思？博士認識令祖父？還是有別的意思？」

阮耀和我互望着：「警官先生，我祖父已死了超過二十年，但是我和樂生博士認識，還是近十年的事情，他不認識我的祖父。」

那警官的神情，仍然十分疑惑：「那麼，樂生博士留下這字條，是什麼意思？」

警官的這個問題，並非是不能回答的。可是要回答他這個問題，卻也不是一件容易的事，必須將一切經過，原原本本地說出來。

這一切事情，不但牽涉到阮耀家庭的秘密，而且其怪誕之處，很難令人相信，實在還是不說的好，是以，我道：「我看，這張字條，並沒有什麼特別的意思，樂生博士忽然心血來潮，到阮家的家庭圖書館去，或者是為了查一些什麼資料，卻遇上了火災！」

那警官皺着眉，我道：「樂生博士一定是死於意外，這一點，實在毫無疑問了！」

或許是我的回答，不能使對方滿意，也或許是那警官另有想法，看他的神情，他分明並不同意我的說法，而且，他有點不客氣地道：「關於這一點，我們會調查！」

我心中暗忖，這警官一定是才從警官學校中出來的，看來他好像連我也不認識，我只是道：「是，但是照我看來，這件事，如果要深入調查的話，責任一定落在傑克上校的身上。」

那警官睜大了眼，望着我：「你認識上校？」

我笑了起來：「你可以去問上校，我叫衛斯理。」

那警官眨了眨眼睛，又望着手中的字條，他道：「不管怎樣，我覺得你們兩位，對於樂生博士的死，有很多事隱瞞着我。」

我拍着他的肩頭：「不錯，你有着良好的警務人員的直覺，我們的確有很多事，並沒有對你說，但是你也應該有良好的警務人員的判斷力，應該知道我們瞞着你的話和樂生博士之死，是全然無關的！」

那警官眨着眼，看來仍然不相信我的話，我知道，他一定會對傑克上校去說，而傑克上校，一定會來找我和阮耀的。

那警官又問了幾句，便告辭離去，阮耀嘆了一口氣：「事情愈來愈麻煩了！」

我苦笑着：「還有，你花園中的挖掘工程，火警一起就停頓，你是不是準備再繼續？」

阮耀無意識地揮着手，像是不知道該如何決定才好，過了片刻，他才嘆了一聲：「掘是一定要掘下去的，但等這件事告一段落時再說吧！」

我也知道，勸阮耀不要再向下掘，是沒有用的，而事實上，我也根本沒有勸他不要再掘下去的意思。

我在阮耀沒有開始那樣做的時候，曾劇烈反對過，那是因為我們對於挖掘這個亭基，會有什麼惡果，是全然不知道的。

但是照現在的情形看來，好像挖掘亭基，並沒有什麼特別的惡果，已經有兩層花崗石被掘起來，雖然不知道要挖掘多久，但主持其事的阮耀，和直接參加的工人，也都沒有意外。

樂生博士的死，自然和挖掘亭基這件事是無關的，因為他是燒死在那幢建築物之內的！

當時，我來回走了幾步，嘆了一聲：「看來，樂生博士是正準備打開暗櫃時，突然起了火，被燒死的，火是怎樣發生的呢？」

阮耀皺着眉，道：「他一定是一起火就死的，他的手竟沒有離開那銅製的虎頭。你可知道他為什麼要去而復返，他想到了什麼？」

我苦笑了一下：「他想到的和我想到的一樣：在你祖父的日記中，可能同樣可以找到這件神秘事件的全部真相！」

阮耀仍是不斷地眨着眼，接着，他也嘆了一聲：「現在，什麼都不會剩下了，全燒完了，燒得比羅洛的遺物更徹底！」

我苦笑着，搖着頭：「要是我們能將羅洛的遺物全部徹底燒掉，倒也沒有事了！」

阮耀顯得很疲倦地用手抹着臉：「衛斯理，這是不能怪我的，我想，任何人看到一幅地圖上有一塊地方塗着金色，總不免要問一下的。」

我安慰着他：「沒有人怪你，至少，我絕不怪你，因為你這一問，我們可以漸漸地將一件神秘之極的真相發掘出來。」

阮耀仍然發出十分苦澀的微笑：「你不怪我，可是唐教授、樂生博士，他們難道也不怪我？」

我沒有別的話可說，只好壓低了聲音：「他們已經死了！」

阮耀抬起頭來，失神地望着我：「如果不是我忽然問了那一句話，或許他們不會死！」

我也苦澀地笑了起來：「世界上最難預測的，就是人的生死，你如果因之而自疚，那實在太蠢了！」

阮耀沒有再説什麼，只是不斷地來回踱着步，過了好一會，他才道：「我有一個古怪的想法，這件事，是我們四個人共同發現，而且，一直在共同進行探討的，所以我在想，如果已死的兩個人，是因為這件事而死亡的，那麼，我和你——」

他講到這裏，停了下來，口唇仍然顫動着，但是卻一點聲音也發不出來。

我深深吸了一口氣：「你是想說，我們兩個也不能倖免，是不是？」

阮耀的身子，有點發抖，他點了點頭。

我將手按在他的肩上：「你不必為這種事擔心，教授的死，是心臟病；博士的死，是在火災中燒死的，我們都可以將之列為意外！」

阮耀卻愁眉苦臉地道：「將來，我們之中，如果有一個遭了不幸，也一樣是意外！」

我皺着眉，一個人，如果堅信他不久之後，就會意外死亡的話，那實在是最可怕的事情了，就算意外死亡不降臨，他也會變瘋！

我在這樣的情形下，也實在想不出有什麼話可以勸他的，我只好道：「如果你真的害怕的話，那麼，現在停止，還來得及。」

阮耀一聽得我那樣說，卻嚷叫了起來：「這是什麼話，我怎麼肯停止，人總要死的！」他頻頻提及一個「死」字，這實在更使我感到不安，我道：「別管他了，樂生博士沒有什麼親人，也沒有什麼朋友，他的喪事——」

第九部

地底深洞

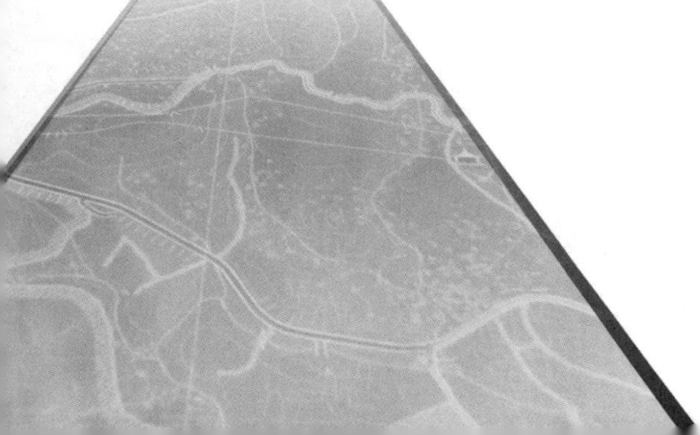

我說到這裏，阮耀又不禁苦笑了起來。

樂生博士的喪事，是羅洛之後的第三宗了，他下葬的那天，到的人相當多，因為樂生博士畢竟是在學術界有着十分崇高地位的人，可是，他的真正知心朋友，卻只有我和阮耀兩人而已。

樂生博士的喪禮，就由我和阮耀兩人主理，我們的心頭，都有說不出來的沉重，等到送葬的人絡繹離去，阮耀俯身在墓碑之前，將人家送來的鮮花，排得整整齊齊，然後，喃喃地不知在說什麼。

要補充一下的是，從樂生博士死亡，到他落葬，其間隔了一天。在這一天中，消防局和警方，從事了災場的發掘工作。

的確，如阮耀所料那樣，那幢建築物，燒得什麼也沒有剩下，想要找到一片剩下來的紙片都不可能。消防局的專家，也找不到起火的原因，他們只是說，這場火，可能是由於什麼化學藥品所引起的，溫度極高，而且一發就不可收拾。

阮耀自然知道，在這幢建築物中，不可能儲藏着什麼化學品的，而樂生博士，自然也不會帶着化學藥品進去放火的。

送樂生博士落葬的那天下午，十分悶熱，等到只剩下我們兩個人的時候，我看到一輛警方的車輛駛來，在近前停下。車子停下之後，從車中出來的，是一個身形高大，站得筆挺的人：傑克上校。

傑克上校一直向我走來，來到我的面前，呆了片刻，轉身向樂生博士的墳鞠了一躬，然後才道：「根據我部屬的報告，樂生博士的死，其中好像有着許多曲折，而你們又不肯對他們說！」

阮耀轉過身來，我先替阮耀和傑克上校介紹，然後才道：「你可以這樣說，但是，這些事，和樂生博士的死，沒有直接關係。」

傑克皺着眉：「就算是只有間接的關係，我都想知道一二。」

我道：「你說得太客氣了，我準備全部告訴你！」

阮耀的心情很不好，他聽得我這樣說，有點不高興地道：「為什麼要告訴他？」

我委婉地道：「一來，他是警方人員，二則，上校和我合作過許多次，我們兩人在一起，解決過很多不可思議的問題，如果他來參加我們的事，我相信，一定可以使事情有較快的進展！」

阮耀嘆了一聲，攤着手：「隨便你吧！」

我和傑克上校一起走開了幾步，在一張石凳上坐了下來。我已經準備將全部事的經過對傑克說，可是我的心中是十分亂，不知該從何處說起才好。我倒絕不擔心傑克上校會不接受我的敘述，這一點倒是可以放心的，傑克上校有很多缺點，但是他也有高度的想像力，他可以接受任何荒謬的故事。我呆了片刻，心想，還是從羅洛的喪禮講起吧！於是，我從羅洛的喪禮說起。這一切的經過，我當然不必在這裏重複一遍了，我只是不斷地說着。

傑克上校很用心地聽着，當我說到一半的時候，阮耀也走了過來，他不時插上一兩句口，但是並不妨礙我對傑克上校的敘述。

等到我把整件事講完——應該說，等到我把這件事講到樂生博士的喪禮，天色已黑了下來，暮色籠罩着整個墓地，看來十分蒼茫。

等我住口之後，我望着傑克上校，想聽他有什麼意見，可是，傑克上校卻像是着了魔一樣，只是在喃喃地道：「一個大塘，在一夜之間不見了，是什麼意思？」

他自言自語，將這句話重複了好幾遍，我問道：「你以為是什麼意思？」

傑克上校道：「我想，就是一個大塘，忽然不見了！」

我瞪大了眼睛，道：「這不是廢話麼？」

上校搖着頭：「一點也不是廢話，我的意思，在那一個晚上，忽然有許多泥土和石塊，將這個大塘填沒了，變成了一片平地！」

我呆了一呆，立時和阮耀互望了一眼。

阮耀點了點頭：「我想也是，大塘消失了，變成了一片平地！」

我道：「我也很同意你的見解，然而，那是不可能的，從記載中來看，吳家大塘十分大，就算動用現在的工程技術，也決不可能將之填沒。我曾經想到過，是由於地震，土地向上拱起，使大塘消失的！」

傑克上校道：「那一定是極為劇烈的地震，應該有記錄可以追尋。」

我搖着頭：「我寧願相信當時並沒有將這場地震記錄下來，也不願相信另外有地方，忽然來了一大批泥土和石塊，將大塘填沒。」

傑克上校皺着眉：「不管是什麼情形，總之，吳家大塘在一夜之間，變成了平地。」

我和阮耀異口同聲：「這一點是可以肯定的。」

傑克上校又道：「然後，阮耀先生的曾祖父，就佔據了這幅地！」

阮耀的聲調，有點很不自然：「我反對你用『佔據』這個字眼。」

傑克上校道：「可以，我改用『擁有』，你不會反對了吧！」

阮耀沒有再說什麼，傑克上校又說了下去：「然後，這位阮先生，就在這片土地上建屋，居住下來。」

我點頭道：「是的，在這裏，可以補充一點，就是他在得到這片土地的同時，還得到了巨大的財富，他是陡然之間變成巨富的！」

這一點，阮耀和傑克上校，也都同意了。

傑克上校又繼續發表他的意見：「他造了一座亭子在花園，也就是在吳家大塘變成的土地上，而在這亭子的基石下，鋪上了好幾層花崗石。」

我點着頭：「阮耀正在發掘。」

傑克上校又道：「而在這個亭子的周圍，有許多處地方，可能有一種神秘的力量，使人的情緒發生變化，甚至死亡！」

關於這一點，還有進一步商榷的餘地，但是暫時，也可以這樣說，所以我和阮耀都點着頭。

我們一面點頭，一面準備聽傑克上校繼續發表他的意見。

那並不是說傑克上校的腦子比我們靈活。而是我們被這件事困擾得太久了，可能思考方向，已經進了牛角尖，不容易轉彎。而傑克上校卻是才知道這件事，是以他可能會有點新的、我們想不到的意見。

上校皺着眉，想着，那時，天色更黑了，他忽然問道：「你們下過陸軍棋沒有？」

我和阮耀兩人，都不禁呆了一呆，因為在一時之間，我們實在想不通，他那樣問我們是什麼意思。而傑克根本未等我們回答，就已經道：「陸軍棋中，有三枚『地雷』，一枚『軍旗』，『軍旗』被對方吃掉就輸了，普通在佈局的時候，總是將三枚『地雷』，佈在『軍旗』的外圍，作為保護！」

天色更黑了，但是在黑暗之中也可以看到，傑克上校的臉漲得很紅，那可能是他由於想到了什麼，而感到興奮之故。

果然，他立即道：「那些地圖上的危險記號，就是『地雷』，其目的是保護地圖上的那塊金色，我認為所有的秘密，在發掘那亭子的亭基之後，一定可以有答案的！」

阮耀立時道：「我早已想到了這一點！」

傑克上校陡地站了起來：「那我們還在這裏等什麼，快去召集工人，連夜開工！」

傑克上校的話，倒是合了阮耀的胃口，是以阮耀也像彈簧一樣地跳了起來。

我們三個一起驅車到阮耀的家中，阮耀立時吩咐僕人找工頭，要連夜開工。反正阮耀有的是錢，有錢人要辦起事來，總是很容易的。半小時之後，強烈的燈光已將那花園照耀如同白晝，一小時之後，工人已經來了。

少了樂生博士，多了一個傑克上校。阮耀的性子很急，為了想弄清楚究竟花崗石一共有多少層，是以挖掘的方法先盡量向下掘，而不是將每一層的花崗石都挖盡之後，再挖第二層。

這樣的方法，雖然困難些，但容竟有多少層，自然也可以快一點知道。

然而，所謂「快一點知道」，也不是霎時間的事，一直到了第三天下午，才算是弄清楚。

花崗石一共有二十層之多！

掘出來的花崗石，每塊大約是兩呎見方，一呎厚，也就是說，到了第三天下午，那花園的一角，亭基之下，已經挖成了一個二十呎深的深洞。

我、阮耀和傑克上校，輪流休息着，傑克上校顯然和我有同一脾氣，對於一切怪異的事，不弄個水落石出，是睡也睡不着的，他拋開了一切公務，一直在阮耀的家中。

到了最後一層花崗石連續被吊起了四塊之後，兩個工人，在深洞下叫道：「花崗石掘完了！」

那時，我們三人全在，一起問道：「下面是什麼？」

那兩個工人並沒有立即回答我們，我們只是先聽到一陣「嘭嘭」的聲響，像是那兩個工人，正在敲打着什麼，從那種聲音聽來，顯然，在花崗石下，並不是泥土，而是另一種東西。

接着，便是那兩個工人叫道：「下面是一層金屬板！」

我、傑克上校和阮耀三人，互望了一眼。

在二十層花崗石之下，是一塊金屬板，這實在是有點匪夷所思的事，阮耀叫道：「你們快上來，讓我下去看看，是什麼板！」

那兩個工人沿着繩爬了上來，強烈的燈光，照向深洞，我們一起向下看去。

在這裏，我或者要先介紹一下那個深洞的情形，花崗石的頭四層，起去的石塊較多，以下，每一層，只被挖出了四塊，是以那深洞是方形的，面積是十平方呎，深二十呎。

當我們一起向下看時，只見底部是一層黑色的東西，看來像是一塊鐵板。

我和阮耀兩人，一起搶着用繩索向下縋去，一直到了底部，我先用腳頓了兩下，發出「嘭嘭」的聲響來，可見下面是空的，而且，那塊金屬板，也不會太厚。

阮耀道：「下面是空的，拿鑽孔機來鑽一個孔，就可以用強力電鋸，將之鋸開來了！」

我道：「當然，這塊金屬板不知有多大，要將它全都揭起來，只怕不可能。」

我和阮耀又一起攀了上去，阮耀又吩咐人去準備工具。這時，我和阮耀都感到興奮莫名。傑克上校也縋下洞去，看了半晌上來。一小時後，鑽孔機已在那金屬板上鑽了一個四分之一吋的圓孔，那金屬板大約有一吋厚。

兩個工人，用強力的電鋸，在洞下面工作，電鋸所發出來的聲響，震耳欲聾。我們都在上面，焦急地等着。謎底快要揭開了，在這樣的時刻，自然分外心急。

約莫又過了一小時，只聽得下面兩個工人，一起發出了一下驚呼。

我們一直在向下看着，看到那兩個工人，已經鋸成了一個四平方呎的洞，我們也知道那兩個工人之所以發出驚呼聲的原因。

那塊被鋸下來的金屬板，向下跌了下去，那麼大的一塊金屬板，向下跌去，落地之際，是應該有巨大的聲響發出來的。

可是，卻一點聲響也沒有！

那塊金屬板自然不會浮在半空之中不向下跌去，但是一點聲響也聽不到，這證明，金屬板下面，有不知多深的一個無底深洞在！

我在聽得那兩個工人，發出了一下驚呼聲之後，立時也向下跳去，當我落到了那個被鋸開的方洞之旁時，只看到那兩個工人的神色，極其蒼白，緊貼着花崗石，一動也不敢動。

我等着，想聽那塊金屬板到地的聲音，可是又過了兩分鐘，卻仍然一點聲音也聽不到。

我的手心，不禁在隱隱冒汗，只聽得阮耀在上面不住問道：「怎麼了？」

我抬起頭：「懸一支強力的燈下來，阮耀，你也下來看看。」

那兩個工人，已沿着繩子，爬了上去，阮耀也來到了我的身邊，不一會，一支強力的燈懸了下來，我移動着那燈的支桿，照向下面。

在金屬板之間，被鋸開的那個洞中，燈光照下去，只見黑沉沉地，什麼也看不到。

我估計有聚光玻璃罩設備的強烈燈光，至少可以射出二百碼遠。

可是，燈光向下面射去，卻根本見不到底，下面是一個黑沉沉的大洞，不知有多麼深！

阮耀望着我，駭然道：「下面怎麼會有這樣的一個深洞？我要下去看看！」

阮耀那樣說，令我嚇了一大跳，忙道：「別亂來，我們先上去，試試這個洞，究竟有多麼深！」

阮耀卻一直凝視着這個深洞，臉上有一種難以形容的神情，從他的那種神情來看，他好像很想縋進那個深洞之中去看一看。

我自然也想進這個深洞中去看一看，在那樣的情形之下，地底有一個這樣的深洞，那實在是一件怪異到了不可思議的怪事。

但是，在望向那個深洞的時候，我心中卻有一種感覺，我感到，在這個深洞之中，縱使不會有什麼九頭噴火的龍，也一定隱伏着無可比擬的危機！

所以，我又道：「要試試這個深洞究竟有多深，是很容易的事，我們先上去再說！」

阮耀點了點頭，我和他一起，攀到了上面，才一到上面，十幾個工人，就一起走了過來。

其中一個工人領班，有點不好意思道：「阮先生，雖然你出我們那麼高的工錢，但是我們……我們……」

阮耀有點生氣：「怎麼，不想幹了？」

那工人領班搔着頭：「阮先生，這裏的事情太怪，老實說，我們都有點害怕。」

阮耀還想說什麼，我已伸手輕輕推了他一下：「反正已經有結果了，讓他們回去吧！」

阮耀揮着手，一疊聲道：「走！走！走！」

所有的工人如釋重負，一起走了開去，阮耀「哼」地一聲：「地底下掘出了一個深洞來，有什麼可怕的，真沒有用！」

他一面說，一面叫着僕人的名字，吩咐他們立時去買繩子和鉛縋，然後，我和阮耀，一起進了屋子。傑克上校聽説在花崗石層之下，是一塊金屬板，而金屬板之下，又是一個深不可測的深洞時，他也瞠目結舌，不知是什麼現象。

一小時後，測量深度的工具，全都買了來，阮耀將鉛錘鈎在繩子的一端，向深洞中縋下去，繞着繩子的軸轆，一直在轉動着，這表示鉛錘一直在向下落去。

繩子上有着記號，轉眼之間，已放出了三百碼，可是軸轆卻愈轉愈快。

我只覺得手心在冒汗，看着轉動的軸轆，四百碼、五百碼、六百碼，那簡直是不可能的，在這裏的地形而言，如何可能出現那樣的一個深洞？可是，軸轆繼續在轉，七百碼、八百碼。

傑克上校也在冒汗，他一面伸手抹着汗，一面甚至還在喘着氣。

阮耀站在花崗石上，雙眼一眨不眨地望着下面，繩子還在向下沉着，九百碼、一千碼。

等到繩子放到一千碼時，軸轆停止了轉動。

然而，這絕不是説，我們已經測到這個洞有一千碼深，決計不是，軸轆之所以停止轉動，是因為繩子已經放盡了的緣故。

阮耀一看到這種情形，就發起火來，對着去買測量工具的那僕人，頓足大罵：「笨蛋，叫你們去買東西，怎麼繩子那麼短？」

那僕人連連稱是，然後才分辯道：「賣測量工具的人說，一千碼是最多的了，根本沒有什麼機會用到一千碼，我……我立刻再去買！」

看阮耀那種滿臉通紅、青筋暴綻的樣子，他似乎還要再罵下去，但是傑克上校已然道：「不必去買了！」

阮耀大聲道：「為什麼？」

傑克上校指着下面：「這是危險地區，我要將這裏封起來，不准任何人接近！」

傑克上校那樣說，雖然使我感到有點意外，但是我卻也很同意他的辦法，因為一個縋下了一千碼繩子，還未曾到底的深洞，無論如何，是一件很可怕的事。

我正想說話，可是阮耀已然「哼」地一聲：「上校，你弄錯了，這裏不是什麼公眾地方，而是我私人的產業，你有什麼權利封閉它？」

傑克上校道：「自然我會辦妥手續，我會向法院申請特別封閉令。」

阮耀仍然厲聲道：「不行！」

傑克上校冷冷地道：「封閉令來了，不行也要行，再見，阮先生！」

傑克上校的臉色很蒼白，他話一說完，立時轉過身，大踏步向外走去。

阮耀的臉色也極其難看，他厲聲道：「我不要再見到你，上校！」

傑克上校只不過走開了五六步，他自然聽到阮耀的話，但是他卻只是停了一停，並未曾轉過來，接着，一逕走了開去。

阮耀頓着足：「豈有此理！」

他又向那僕人瞪着眼：「還不快點去買繩子！」

那僕人連聲答應着，奔了開去，我吸了一口氣：「阮耀，我有幾句話說！」

阮耀轉過頭來，望定了我，我道：「我倒很同意傑克上校的辦法！」

阮耀大聲道：「他無權封閉我的地方，不必怕他！」

我道：「我的意思，並不是由他來封閉，而是我們自己將掘出來的花崗石放回去，就讓這個深洞一直留在地下算了！」

阮耀聽了我的話，先是呆了一呆，接着，便在鼻子眼中，發出了「嗤」地一聲：「衛斯理，虧你還説你自己對什麼神秘的事情，都非要弄個水落石出不肯停止，現在，這件事沒有結果，你就要放棄了？」

我不理會他那種輕視的口氣，只是道：「是的，你要知道，世界上有很多事情，不會有結果的！」

阮耀揮着手：「那你也走吧，哪兒涼快，就到哪兒耽着去，別在我這裏湊熱鬧。」

他這樣的態度，我自然也很生氣，我大聲道：「那麼，你準備怎麼樣？」

阮耀道：「不勞閣下過問，沒有你，世界上很多人都活得很好。」

我不禁大是恚怒，厲聲道：「好，那麼再見！」

阮耀冷冷地道：「再見！」

我「哼」地一聲，轉身就走。當時，阮耀當着他的僕人，用這樣的態度對待我，我又不是一個有着好涵養的人，自然會感到難堪，惡言相向，拂袖而去，也是很自然的事情。而更主要的是，當時，我絕未曾想到，阮耀趕走我，可能是故意的，他早已打定了主意想做什麼，只不過嫌我在一旁，會阻止他，所以他才將我趕走的。

如果當時我想到了這一點，那我決不會走，一定會留下來和他在一起的！

當時，我憤然離去，回到了家中，還大有怒意，我下了決心，這件事，就這樣算了，我決不再過問，也不再去想它。

然而，要我不再過問容易，要我不去想它，卻不是一件容易的事。

我在休息了一會之後，和好幾個著名的地質學家通了電話，其中一位的話，可以代表許多對本地地質學有研究的人的意見。

當他聽到我在電話中說，吳家塘的地方，出現了一個深不可測，至少超過一千碼的洞穴時，他第一句話就道：「這是不可能的。」

我道：「我不是問你是不是可能，而是這個深洞已然實際上存在，我問你，這個深洞是如何形成的？在這個深洞之下，可能有着什麼？」

那位地質學家發出了幾下苦笑聲：「你似乎特別多這種古怪問題，老實說，我無法回答你，除非我去看過那個地洞。」

我嘆了一聲：「沒有人可以去探測這個地洞，它實在太深了！」

那位地質學家道：「其實，以現在的科學而論，還是很容易的，根本不必人親自下去，只要縋一具電視攝影機下去，每一個人，都可以在電視熒光屏上，看到深洞底下的情形了！」

我本來是想請教這個深洞的形成，是不是有地質學上的根據的。

可是這時，那位地質學家卻提供了這一個辦法！

我略呆了一呆，立時想到，這個辦法，對普通人來說，自然比較困難，但是以阮耀的財力而論，可以說世界上沒有什麼困難的事的！

如果我在和阮耀分手之前，想到了這一點的話，我們也不會吵架了！

我略想了一想，心忖我和阮耀吵架，也不是第一次了，明天和他通一個電話，一樣可以將這個辦法，提供給他去實行的。

我在電話中又問道：「那麼，你作一個估計，這深洞之下，會是什麼？」

那位地質學家，笑了起來，道：「我是一個地質學家，不是科學幻想小說家，照我來看，這一帶的地質構成成分是水成岩，如果有一個深洞，那麼，唯一的可能，是一種地質的中空現象形成的，不過——」

他講到這裏，略為猶豫了一下，才道：「不過照情形來說，地下水會湧上來，那個深洞，事實上，應該是一個很深的井。」

我苦笑着道：「沒發現有水，至少，我們看不到任何水。」

我見問不出什麼來，只好放棄，躺在牀上，竭力想將這件事忘記，但那實在是十分困難的事，所以一直快到天明，我才有點睡意。

而就在我在半睡眠狀態之中，電話鈴突然響了起來。

在那樣的情形之下，電話鈴聲特別刺耳，我翻了個身，抓起電話聽筒來，我聽到的，不是語聲，而是一陣急促的喘氣聲。

一聽到這一陣急喘的聲音，我陡地怔了一怔，睡意全消，忙問：「什麼人？什麼事？」

電話中的聲音十分急促：「衛先生？我是阮先生的僕人！」

我認出了電話中的聲音，那就是阮耀要他去買繩子的那一個。

而這時，我一聽得他說出了自己的身分，我立時料到，阮耀可能出事了，因為如果不是阮耀出事，他的僕人，是決不會在清晨時分，打電話給我的！

我連忙問道：「怎麼樣，阮先生出了什麼事？」

那僕人並沒有立時回答我，只是連連喘着氣，我連問了兩次，那僕人才語帶哭音：「阮先生……他……他不見了！」

我陡地一呆：「不見了，什麼叫不見了？」

那僕人道：「他進了那個洞，一直沒有上來。」

我嚇了老大一跳，整個人都在牀上震了一震，我早就已經料到，阮耀可能會做出一些什麼古怪的事情來的，但是我決想不到，他竟然會鹵莽到自己下那個深洞下面去！這真是想不到的事！

剎那之間，我心亂到了極點，不知說什麼才好。

那僕人在電話中又道：「衛先生，請你立即來，我們真不知道怎麼才好了！」或許是由於這件事大使人震驚了，是以我也無緣無故，發起脾氣來，我對着電話，大聲吼叫：「現在叫我來，又有什麼用？」

那僕人急忙道：「阮耀先生在下去的時候曾經說過，要是他上不來的話，千萬要我們打電話給你！」

我吸了一口氣：「他是什麼時候下去的？」

那僕人道：「你走了不久，已經有四五個鐘頭了！」

我厲聲道：「為什麼你們不早打電話來給我？」

那僕人支支吾吾，我嘆了一聲：「好，我立即就來，你們守在洞口別走！」

那僕人一疊聲地答應着，我放下了電話，只覺得全身有僵硬的感覺。

這件事，我在一開始的時候已經說過，有許多次，根本全然是由於偶然的機會而發生的，要不是那幾次碰得巧的話，根本什麼事也不會發生。

第一次的偶然，當然是羅洛的那隻書櫥，向下倒去的時候，是面向着上，第二次偶然，則是散落開來的眾多文件之中，偏偏那份文件，落到了阮耀的手中，而阮耀偏又問了這樣的一個問題。

要是那時，根本沒有人去睬阮耀，也什麼事情都沒有了，要是那時，我不將這份地圖留起來，而一樣拋進火堆中，也什麼事情沒有了。

可是現在，唐教授死於「心臟病突發」，樂生博士死於「意外的火災」，阮耀又進了那個深洞，生死未卜，只怕也凶多吉少！

本來是一件微不足道的事，可是一層一層擴展起來，卻愈來愈大，不可收拾了！

我一面迅速地想着，一面穿着衣服，當我衝出門口的時候，我又想到，羅洛這傢伙，在臨死之前，立下了這麼古怪的遺言，可能他早已知道，在他的遺物之中，有一些東西是十分古怪的，我又聯想到羅洛的死因，是不是也是由於這幅地圖？

當我駕着車向阮耀家疾馳之際，我心中亂到了極點，朝陽升起，映得我眼前生花，好幾次，由於駛得太快，幾乎闖禍。

我總算以最短的時間趕到了現場。

我首先看到，有一個很大的軸轆在洞邊，縋下去的繩索，標記是三千碼，洞旁還有一個僕人，手中拿着無線電對講機，滿頭大汗，不住在叫着：「阮先生！阮先生！」

他叫幾聲，就撥過掣，想聽聽是不是有回音，可是卻一點聲音也沒有。

在洞旁的僕人很多，可是每一個人，都亂得像是去了頭的蒼蠅一樣，我大聲道：「只要一個人說，事情開始時是怎樣的？」

那買繩子的僕人道：「我又去買了繩子回來，阮先生叫我們將一張椅子綁在繩上，他帶着強力的電筒，和無線電對講機，向下縋去。」

我吸了一口氣，望着那黑黑黝黝的洞，那僕人又道：「開始的時候，我們都可以看到下面閃耀的燈光，也可以和阮先生通話，可是漸漸地，燈光看不見了，但一樣可以通話，等到繩子放盡之後，阮先生還和我們講過話，可是聲音卻模糊得很，沒有人聽得出他講些什麼，接着，就完全沒有聲息了！」

我怒道：「那你們怎麼不扯他上來？」

那僕人道：「我們是立時扯上繩子來的，可是繩子的一端，只有椅子，阮先生已經不在了，我有一面在對講機呼喚他，又怕他找不到椅子，是以又將椅子縋了下去，可是到現在，一點結果也沒有。」

我頓着腳：「你們也太糊塗了，既然發生了這樣的事，就該有人下去看看！」

第十部

陷入無邊黑暗之中

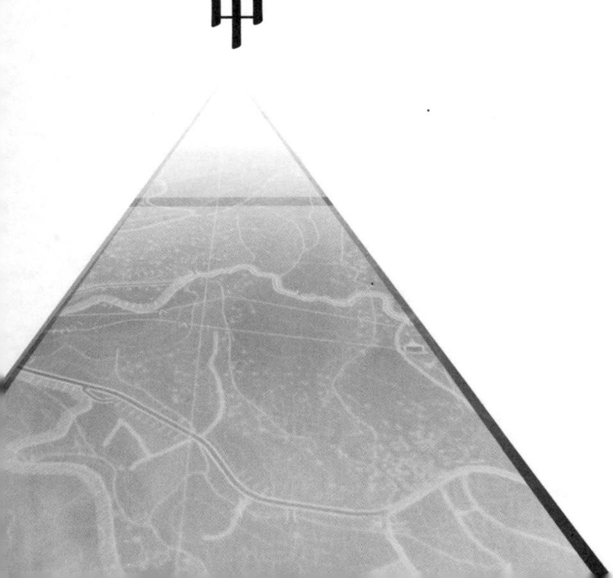

所有的僕人，聽得我那麼說，面面相覷，沒有一個人開口。

我心中更是憤怒：「你們之中，沒有人下去，也該報警，等警方人員下去！」

那僕人苦着臉：「阮先生吩咐過，不准通知警方人員，只准我們通知你！」

我簡直是在大叫了：「那麼，為什麼不早打電話給我？」

我在這樣大聲吼叫了之後，才想到，現在，我別說大聲吼叫，就算我將這十幾個僕人，每人都痛打一頓，也是無補於事的了。

是以，我立時道：「現在，還等什麼，快將繩子全扯起來！」

這些僕人，聽命令做事情，手腳相當快，兩個僕人立時搖着軸轆，繩子一碼一碼被扯上來，我在那深洞的旁邊，來回走着，又從僕人的手中，取過那具無線電對講機來。

那是一具性能十分好的無線電對講機，在十哩之外，都可以清楚地聽到對方的聲音，我對着對講機，叫着阮耀的名字：「你一定可以聽到我的聲音，阮耀，不論你遭遇了什麼，就算你不能說話，想辦法弄出一點聲音來。好讓我知道你的情形！」

我撥過掣，將對講機貼在耳際，我只希望聽到任何極其微弱的聲音。

但是，卻什麼聲音也聽不到！

這種情形，對無線電對講機而論，是很不尋常的，幾乎只有一個可能會形成這樣的情形，那便是，另一具對講機，已遭到徹底的損毀！

我試了五分鐘，便放棄不再試，因為阮耀如果有辦法弄出任何聲響的話，那麼我一定可以聽到聲音的了。

現在，情形照常理來推測，最大的可能是在三千碼之後，還未曾到底，但是阮耀卻跌了下去，他可能再跌下幾百碼，甚至更深，那當然是凶多吉少了。

然而，一連串的事，是如此神秘莫測，誰又能說不會有出乎意料之外的事發生？

我望着那兩個搖着軸轆的僕人，看到繩子已只有三百多碼了。

也就在這時，一輛警車駛到，傑克上校帶着幾個警官，大踏步走過來，上校一面走，一面叫道：「阮耀，你來接封閉令！」

我聽得傑克上校那樣叫着，不禁苦笑了起來！

要是現在，阮耀能出現在我們眼前，那就好了！

傑克上校一直來到近前，才發現阮耀不在，而且，個個人的臉色都很古怪，他呆了一呆，直望着我：「怎麼，發生了什麼事？」

我用最簡單的話，講述了所發生的事，傑克上校的面色，變得難看之極，這時，繩子已全被絞上來，那張椅子，也出現在洞口。

那張椅子，是一張很普通的有着扶手的椅子，在兩邊的扶手之間，還有一條相當寬的皮帶。照說，一個成年人，坐在這樣的一張椅子之上，是不會跌下去的，但是，阮耀卻不在了！

傑克連聲道：「狂人，阮耀是個瘋子！」

我望着傑克上校：「上校，我馬上下去找他！」

上校尖聲叫了起來：「不行，我要執行封閉令，誰也不准接近這裏！」

我仍然望着他，道：「上校，我一定要下去，他可能只是遭到一點意外，並不曾死，正亟需要我的幫助，我一定要去！」

傑克上校大聲叫道：「不行！」

我堅定地道：「如果你不讓我下去的話，將來在法庭上作證，我會說，阮耀的不幸，是由於你的阻撓！」

傑克上校氣得身子發抖，大聲道：「你這頭驢子，我是為了你好！」

我攤着雙手：「我知道，我也是沒有辦法，我不能眼看着阮耀出了事，而我什麼也不做，我可以帶最好的配備下去，甚至小型的降落傘。」

傑克呆了片刻，才大聲叫了起來。

傑克上校這時叫的，並不是不讓我下去，而是大聲在吩咐他的手下，去準備我下深洞而用的東西，真的包括準備小型降落傘在內。

洞外的各人，一直十分亂，我坐上椅，帶着一切配備，準備進入深洞之際，已然是兩小時之後的事了，傑克緊握着我的手，望了我半晌，才道：「你仍然是一頭驢子，不過是頭勇敢的驢子。」

我苦笑着：「你錯了，我一點也不勇敢，只不過是一頭被抬上架子的驢子！」

傑克上校道：「那你可以不必下去。」

我吸了一口氣：「如果阮耀死在這張椅子上，他的屍體已被扯了上來，那我一定主張立時封閉洞穴，而且從此不再提這件事，可是現在，我們不能確知阮耀的生死，他可能在極度的危險之中，極需要幫助，所以我不能不下去！」

傑克上校嘆了一口氣：「是的，有時候，事情是無可奈何的。」

他略頓了一頓，又道：「你檢查一下應帶的東西，電筒好用麼？」

我按了一下使用強力蓄電池的電筒，點了點頭，他又道：「對講機呢？」

我再試了一下對講機，雖然在這以前，我已經試過好幾次。

傑克上校又將他的佩槍，解了下來給我，道：「或許，你要使用武器！」

我接受了他的佩槍，但是卻苦笑着：「如果下面有什麼東西，那麼這東西，一定不是普通的武器所能對付的，你說是不是？」

傑克上校也苦笑着：「我只能說，祝你好運！」

傑克上校後退了一步，大聲發號施令，我扶着椅子的扶手，椅子已在向下縋去。

我抬頭向上看，上面的光亮，在迅速地縮小，我在對講機中，聽到上校的聲音，他在道：「現在，你入洞的深度是一百五十碼，你好麼？」

我用強力的電筒，四面照射着，那洞並不很大，略呈圓形，直徑大約是四十呎，洞壁的泥土，看來並沒有什麼特別之處。

我抬起頭，仍然可以看到洞口的光亮，我回答道：「我很好，沒有什麼發現。」

我的身子，繼續在向下沉着，傑克上校的聲音，不斷從對講機中傳來，告訴我現在的深度，當他說到「一千碼」之際，他的聲音有點急促。

我回答他道：「直到如今為止，仍然沒有意外，這個深洞好像沒有底一樣，洞壁已不是泥土，而是一種漆黑的岩石，平整得像是曾經斧削一樣！」

我一面和傑克上校對話，一面不斷地用有紅外線裝置的攝影機拍着照。

我在對講機中，可以清晰地聽到傑克上校的喘氣聲，他在不斷報告着我入洞的深度，一直到兩千碼的時候，他停了一停：「你覺得應該上來了麼？」

我道：「當然不，阮耀失蹤的時候，深度是三千碼，而且現在，我覺得十分好，什麼意外也沒有，甚至連呼吸也沒有困難。」

我聽得傑克上校嘆了一聲，接着，我的身子，又向下縋下去，傑克上校的語聲，聽來一樣清晰，我已到了兩千八百碼的深度了！

這個深度，事實上實在是不可能的，但是我的的確確，深入地底，達到了這個深度，而且，向下看去，離洞底，似乎還遠得很！

我對着對講機，道：「繩子只有三千碼，一起放盡了再說。」

傑克上校，是照例會立時回答我的。

可是這一次，在我說了話之後，卻沒有他的回答，而我坐的椅子，也停止不動了。

我無法估計和傑克上校失去聯絡的正確時間，但是到兩千八百碼的時候，我還聽到他的聲音，現在，椅子不動了，一定已放到了三千碼。

在這兩三分鐘的時間中，我實實在在，未曾感到有任何變化，但何以對講機忽然失靈了呢？我用電筒向下照去，看到了洞底。

洞底離我只不過兩碼左右，我發出了一下叫呼聲，縱身跳了下去。

當我落到洞底之際，我又對着對講機，大聲叫道：「上校，我已來到了洞底！」

可是我仍然沒有得到回答，我抬頭向上看去，根本已無法看到洞口的亮光了！

而且，我看到，縋我下來的那張椅子，正迅速地向上升去。

我大叫着：「喂，別拉椅子！」

我的語聲，在這個深洞之中，響起了一陣轟然的回音，但是我的話並沒有用，那張椅子還在迅速向上升着，轉眼之間，已經出了我手中電筒所能照到的範圍之外！

縋我下來的椅子，為什麼會向上升去，這一點，我倒是可以想像得到的，那自然是傑克上校在上面，突然發覺失去了聯絡，所以急急將椅子扯上去的。

我大聲叫了幾下，回聲震得我耳際直響，我知道叫嚷也是沒有結果的，而且我想到，現在我既然在洞底，那麼，阮耀的遭遇，可能和我一樣，我應該可以找得到他的了。

我用電筒四圍照着，可是，電筒的光芒，卻在迅速地減弱。

這又是絕對沒有理由的事，蓄電池是可以供應二十四小時之用，但是在半分鐘之內，電筒已弱得只剩下昏黃的一線，緊接着，完全沒有了光芒，漆一樣的黑暗，將我圍在中心。

我急促地喘着氣，迅速地移動身子，向前走着，不一會，我雙手摸到了洞壁。

雖然在如今這樣的情形下，我摸到了洞壁，對我說來，毫無幫助，就算我是一隻壁虎，我也沒有可能沿着三千碼的洞壁爬上去的。

但是無論如何，那總使我心頭產生一種略有依靠之感。

我勉力使自己鎮定下來，想着該怎麼辦，我已無暇去想及對講機何以會失靈，電能何以會消失了，我只是想，我應該怎麼辦？

而就在那時候，我覺出我手所按着的洞壁，在緩緩移動。

那是一種十分緩慢的移動，但是我確然可以感覺得到：洞壁在動，或者，與其說是「移動」，不如說洞壁是正在向內縮進去，好像我按着的，不是堅硬的山石，而是很柔軟的東西一樣。

剎那之間，我整個人都震動起來。

而幾乎是同時地，我所站的洞底，也開始在動，洞底在漸漸向上拱起來。

我完全像是處身在一個恐怖無比的噩夢之中一樣，我拚命按着電筒，希望能發出一點光亮，使我可以看到眼前的情形。

但是，我眼前還是一片黑暗，而移動在持續着。

我不知各位是不是有過這種噩夢的經驗，在亟想要光亮的時候，所有的燈，全都無緣無故地失靈，只剩下黑暗，在黑暗中冒冷汗。

然而，噩夢的夢境雖然可怖，在遍體冷汗之後，就會驟然醒來，而一醒了之後，一切可怖的夢境，就會成為過去。但是我這時，卻並不是身在夢境，而是實實在在地在這種可怖的境地之中！

要命的也就在這裏，洞底的移動，愈來愈劇烈，我已無法站穩身子，突然之間，我立足之處，拱起了一大塊，我整個人向前仆了出去。

本來，我是站在洞壁之前的，在我的身子向前仆出去之際，我雙手自然而然地按向前，希望能按在洞壁上，將身形穩住。

可是，我一按卻按了個空！

在我面前的洞壁消失了，我的身子，向前直仆了下去，接着，我便翻滾着，一直向下跌了下去，那是一種很難形容的感覺，我感到，我不是在一個空間之中向下落下去的，我像是在一種極稀薄的物質之中下沉，那種物質的阻力，和水彷彿相似，但在水中我可以浮動，現在我卻只能向下墜去。

而且，我的呼吸，並未受到干擾，我只是向下落着，我發出驚叫聲，我自己可以聽到自己的驚叫聲，聲音聽來很悶，像是包在被窩中呼叫一樣！

那是一段可怕之極的時間，這段時間究竟有多長，我不知道，因為沒有一個人，可以在這樣的情形下，還有足夠的鎮定去計算時間，和計算自己下落了多深。

謝天謝地，下落停止了。

我跌倒在一堆很柔軟的東西之上，眼前仍然是一片黑暗，當我手扳着那柔軟的東西，開始站起來時，卻又覺得那堆柔軟的東西，在迅速地發硬。

我站定了身子，我算是想像力相當豐富的人，而且，在我知道了阮耀在下了這個深洞而未曾上來之後，我也曾作過種種的揣測。

然而，現在，我卻無法想像，我究竟是身在何處，那種不能想像的程度，是根本連一點設想都沒有！

我站着，濃重地喘着氣，接着，我又發現腳下所站的地方在移動。這次，是真正的移動，我像是站在一條傳送帶上一樣，被輸送向前。

在這樣的情形下，我只好聽天由命了，我作了最後一番努力，想和傑克上校通話，但是對講機一直失靈，我仍然不知道向前移動了多久，還算好，雖然仍然在極度的黑暗之中，但我漸漸聽到了一種聲響，我細辨着這種聲響，那像是淙淙的水聲。

在如今那樣的處境之中，就算聽到了水聲，也足以使我產生了一些信心，我立時想到，我在縋下洞底之後，所遇到的一切，我既然在「動」，那麼，一定有一種力量在使我「動」。

而這種使我「動」的力量，看來又絕不像是自然的力量！

固然，假設在這樣深的地底，有什麼人在控制着一種力量使我「動」，那是很難想像的，然而，事實的確如此，的確是有力量在使我移動！

我勉力鎮定心神，大聲道：「我已經來了，不管你們是什麼樣人，請現身出來！」

我的聲音，已不再有沉悶的感覺，我知我是在一個大空間之中，而且，淙淙的水聲，也愈來愈響亮，而我也停了下來。

當我的身子停止而不被再移動之際，我可以感到，有水珠濺在我的身上，我慢慢蹲下身子，伸手向前，我的手立時觸到了一股激流，我忙縮手回來，又向着黑暗叫道：「我想，這裏一定有人，或許，我用『人』這個名稱，不是十分恰當，但這裏一定有可以和我對答的生物，請出聲，告訴我該怎麼辦？」

在我講完了這幾句話之後，我起先根本未曾抱着任何得到回答的希望。但是，我的語音才靜止，在淙淙的水聲之中，我聽到我的身後，響起了一下如同嘆息一般的聲音。

我立時轉過身去，四周圍仍然是一片漆黑，然而，我卻感到，除了我之外，黑暗中，還有什麼東西在。

這種感覺，可以說是人的動物本能之一，不必看見，也不必觸摸到，而真真實實，有這樣的感覺。

我吸了一口氣：「誰，阮耀，是你麼？」

我再度聽到了一下類似嘆息的聲音，接着，便像是有一樣東西，向我撲了過來——這也是一種動物本能的感覺，我感到有東西向我撲過來，我連忙雙手伸前，想這件東西，不致撞向我的身上。立即地，我雙手碰到了這東西，而且將他扶住。

當我一扶住這件東西之後，我立時覺出，那是一個人！

我陡地一怔，那人的身子還想跌倒，我將他扶住，我摸到他的手，他的手腕，也摸到了他的手腕上戴着一隻手表。

我手一震，又碰到了那人腰際的一個方形物體，我着實吃了一驚，那是一具無線電對講機，我也立時知道，我扶着的是什麼人了，那是阮耀。

我立時又伸手去探他的鼻息，他顯然沒有死，但從他身體的軟弱情形而言，他一定是昏迷不醒的。

我扶着他，定了定神：「多謝你們將我的朋友還給我，你們是什麼——」

我本來想問「你們是什麼人」的，但是我卻將最後這個「人」字，縮了回去。

我沒有得到任何回答，但是，我卻第三度聽到了那一下嘆息聲。

接着，我站立的地方，又開始移動，我又像是在傳送帶一樣，被送向前去。

我在被送出相當時間之後，阮耀發出了呻吟聲，我忙道：「阮耀，你怎樣？」

我聽到了阮耀的喘息聲，他像是夢遊病患者一樣，在黑暗中問我，道：「你是什麼人？」

我道：「我是衛斯理，我下洞來找你，你覺得怎麼樣？」

阮耀挺了挺身子，就在這時，我們的身子，向上升去，像是在一種什麼稀薄的物體之中一樣。

阮耀一直濃重地喘着氣，過了不多久，所有的動作，全停止了。

我和阮耀都站着，突然，有一樣東西，向我們撞了過來，我立時伸手抓住那東西，剎那之間，我不禁狂喜地叫了起來，道：「阮耀，我們可以上去了！」

我抓住的，是一張椅子！

我忙扶着阮耀，坐上椅子，我則抓住了椅子的扶手，等了大約半小時，椅子開始向上升去。

我可以料得到，椅子是傑克上校放下來的，他一定是希望能有機會將我再載上去。

只不過，在這段時間內，不論我向阮耀發問什麼問題，他只是不出聲。

在椅子開始上升去之後不多久，我就聽到對講機中，傳來上校急促而惶急的呼叫聲，他在叫着我的名字，不斷地叫着。

我立時回答道：「我聽到了，上校，我沒有事，而且，我也找到了阮耀！」

傑克上校的聲音又傳了出來，我聽得他一面吩咐人快點將我們拉上去，一面又道：「你究竟怎麼了？在下面逗留了那麼久！」

我只好苦笑着：「為了要找阮耀，我在洞底——」

我才講到這裏，阮耀突然低聲道：「什麼也別説！」

阮耀的聲音極低，我呆了一呆，立時改口道：「我在洞底昏迷了相當久，我想阮耀一定也和我一樣，不過現在沒有事了！」

椅子繼續向上升，我已可以看到洞口的光亮，我大口地喘着氣，不一會，我們已經升上了洞口，當光線可以使我看到眼前的情形時，我第一件事，便是向阮耀看去。

只見阮耀的臉色出奇地蒼白，但是他的雙眼卻相當有神，只不過神色充滿了疑惑。

傑克上校着實埋怨了我們一頓，又宣布誰也不准進入洞的附近，才先離去。

我和阮耀，一起進了屋子，阮耀先是大口喝着酒，然後才道：「你遇到了什麼？」

我略想了一想：「我什麼也沒有遇到，但是我覺得下面有東西。」

阮耀在我的酒杯中斟滿酒，自己又喝了一大口，聽我講述我在洞底的遭遇。

等我講完之後，他才道：「那麼，我和你不同，衛斯理，真是無法相信，但卻是事實！」

我登時緊張起來，道：「你見到了他們？」

阮耀呆了一呆，但是他顯然明白我的問題。這個問題，在別人來說，是很難明白的，然而我從阮耀的神情上，我看得出，他明白我所指「他們」究竟是什麼。

當然，即使是我，在發出這一個問題的時候，我也不知道「他們」代表着什麼，但是可以肯定的是，在那深洞之下，一定有着什麼——（我想不出該用什麼名詞），這種「什麼」，有一種超特的力量，使我在洞底被移動，遇到了阮耀，又能和他一起離開。

阮耀在聽了我這個問題之後，變得很神經質，他握着酒杯的手，在微微發抖，他道：「沒有，我沒有見到他們，我的意思是——」

他講到這裏，略頓了一頓，顯然是不知道該如何說下去才好。

我提示他，道：「你的意思是，你未曾見到任何人，或是任何生物？」

阮耀不住地點着頭：「是的，但是我卻見到了一些不可思議的東西。」

我登時緊張了起來：「是什麼？」

阮耀皺着眉，有點結結巴巴：「我所見到的，或者不能稱為東西，只不過是一種——現象——」

我性急起來：「不必研究名詞了，你在洞底，究竟見到了什麼，快說吧！」

阮耀吸了一口氣：「還是從頭講起，你比較容易明白，我縋下深洞，開始所遭遇的一切，和你一樣，我在黑暗之中，不由自主地移動着，等到靜止下來之後，我聽到了流水聲。

第十一部

洞底所見

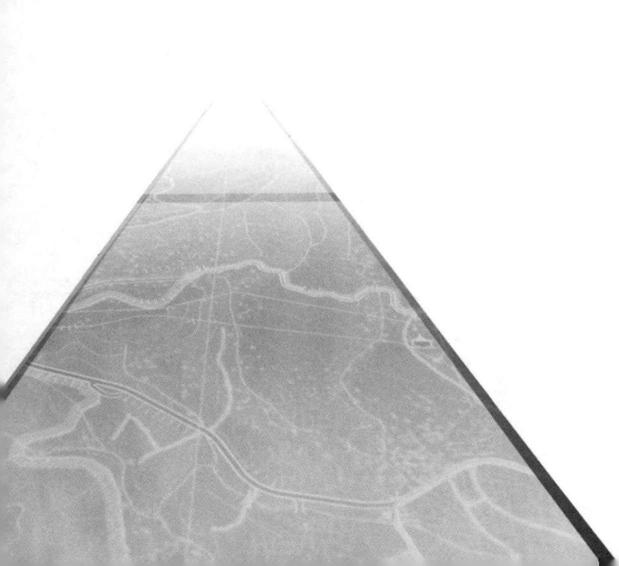

我點着頭，道：「那就是我也到過的地方，那裏一定是一條地底河道，可是你見到了什麼？」

阮耀又吸了一口氣，道：「我站着，在我的面前，忽然出現了一片光亮。」

我怔了一怔，道：「一片光亮，那麼，你應該看清楚你究竟是在什麼地方了？」

阮耀搖着頭，道：「不，只是在我的面前，有一片光亮，方形的，大約有六呎乘八呎那樣大小，在那片光亮之中，是一片黑暗——」

我用心地聽着，可是我實在無法明白阮耀所說的話，他說「有一片光亮」，那還比較容易理解，但是，什麼叫作「光亮之中，是一片黑暗」？而且，既然他曾看到一片光亮，那麼，何以他不能看清自己存身的環境！我有點不耐煩，大聲道：「你鎮靜一點，將經過的情形，說清楚一些！」

阮耀苦笑着：「我已經說得夠清楚了。」

我搖着頭：「可是我不明白你所說的那種現象，你可以作一個比喻？」

阮耀又喝了一口酒，想了片刻，才道：「可以的，那情形，就像一個漆黑的房間中，看電影，那一片光亮，就是電影銀幕，只不過四周圍一點光也沒有，除了我眼前的這片光亮！」

阮耀那樣説，我自然可以想像當時他所見到的情形是什麼樣的了。

我點了點頭：「那麼，剛才你所説的，什麼光亮之中一片黑暗，又是什麼意思？」

阮耀瞪着眼：「我們看電影銀幕上有時不是會出現夜景，看來一片漆黑的麼？我看到的，就是這樣的情形，一片光亮，光亮中一片漆黑！」

我勉強笑了笑，由於我看到阮耀的神情相當緊張，是以我講了一句笑話：「你的意思是，在你我相遇的那地方，有人放電影給你看？」

可是我的笑話卻失敗了，因為阮耀仍然瞪着眼，顯然他一點也不覺得好笑。

他一本正經地道：「所謂電影，那只是一種比擬，事實上，那當然不是電影，有可能是放映錄影帶，總之，那是一項過去發生過的事的記錄，根據我以後在那片光亮中次第看到的現象，我甚至可以斷定，那是一個飛行記錄，信不信只好由你了！」

我在椅上，挺直了身子：「你還未曾將以後你看到的說出來，怎知我不信？」

阮耀道：「起先，那片光亮中，是一片黑暗，有很多奇形怪狀，看來像是岩石一樣的東西，有的在閃光，有的在轉動，我只覺得那一片黑暗，深邃無比，好像是……」

我道：「根據你所說的情形，像是外太空。」

阮耀立時道：「一點也不錯。我認為，那是一艘太空船在太空的航行中，由太空的窗口，向外記錄而得的情形。」

我皺着眉，點了點頭。

阮耀道：「那種現象，持續了相當久，接着，我看到了……看到了……」

他講到這裏，略頓了一頓，喘着氣，望着我：「你不要笑我！」

我忙道：「我為什麼要笑你？你看到了什麼？」

阮耀面上的肌肉，在微微跳動着，他道：「我看到了土星，由於那個大環，所以我可以肯定，那一個巨大的星球是土星。你要知道，那片光亮中的一切，在不斷移動着，所以，就像是我自己，坐在一艘漆黑的太空船中，在太空船中飛行一樣，我看到了木星，我的感覺是，在距離木星極近的範圍之內，迅速地掠過！」

我沒有笑，一點也沒有，只是望着阮耀，問了一個事後令我自己也覺得莫名其妙的問題，我問道：「那艘太空船飛得很快？」

阮耀也不笑我這個問題，他道：「是的，很快，從我看到土星起，到又看到木星，大約是五十分鐘。」

我呆了一呆，陡地站了起來。

阮耀道：「三十分鐘，或者更久些，或者不到，但無論如何，總在這麼上下。」

我吸了一口氣：「我想你弄錯了，你憑一個大環，認出了土星，憑什麼認出木星來的？」

阮耀尖聲叫了起來：「憑它的九個衛星，你以為我連這點天文知識都沒有？」

我仍然搖着頭：「我還是以為你弄錯了，木星和土星間的距離，是四萬萬零三百萬哩左右，沒有一個飛行體，能夠在半小時的時間內，飛越這樣的距離，就算以光的速度來行進，也要將近一小時。」

阮耀的聲音變得十分尖：「我不知道正確的時間，但是我知道，那是半小時左右。」

我揮着手：「好了，不必再爭論了，接着，你又看到了什麼？」

阮耀望了我半晌，才道：「接下來，大約在半小時之後，我在火星旁邊經過——我的意思是，在那片光亮之中，我先看到了火星，火星迅速地變大，然後掠過它，真的，那是火星。」

我沒有再說什麼，我們兩人都呆了半晌，我才道：「照你那麼說來，這艘太空船，經過了土星、木星和火星，它是正向地球飛來了？」

阮耀道：「是的，在經過火星之後不久，我看到了地球——我當然認得出地球來，在見過的那些大星球之中，地球是最美麗的！」

我急忙道：「以後，你又看到了什麼？」

阮耀的神情，顯得很悲哀，他道：「你一定不會相信我的，我——」

我按住他的肩頭，兩人一起喝了一大口酒：「只管說！」

阮耀道：「我看到地球，那太空船，一定在飛向地球，地球的表面愈來愈清楚，我看到了山脈河川，愈來愈快，我相信太空船已衝進了地球的大氣層，我看到了建築物，那些建築物，全是舊式的，大約是一百年之前的建築物，是一個相當大的湖泊——」

我失聲道：「一個塘！吳家塘！」

阮耀的聲音顯得很急促：「可能是吳家塘，我的印象是，這艘太空船直墜進了吳家塘之中，之後，眼前一片漆黑，什麼也看不到了。」

我急快道：「你還見到什麼？」

阮耀道：「沒有，我只聽到了幾下猶如嘆息似的聲音，接着，神智就有點不清起來，後來，當我又有了知覺的時候，已經在你的身邊！」

我又呆了半晌，才道：「阮耀，聽了你的敘述之後，我有一個假設，不知你同意不同意？」

阮耀有點失神地望定了我，我道：「首先我們假定，你看到的現象，是一艘太空船飛行時記錄下來的！這艘太空船是以光的速度，或超過光的速度在進行的！」

阮耀又點着頭。

我吸了一口氣：「太空船自何處起飛，我們不知道，你看到的是自土星以外的太空開始，它可能是自天王星飛來，也可能自更遠的地方，太陽系之外，為了節省時間，所以才將接近地球的那一段，放給你看！」

阮耀點頭，表示同意。

我再道：「太空船不會自己飛行，其中一定有『人』在控制着——」

我才講到這裏，阮耀便叫了起來：「他們現在還在，住在地底，他們到了地球之後就不走了，一直住在地底，現在還在！」

我無意識地揮着手：「也有可能是他們想走也走不了，我想，這艘太空船，直墜進了吳家塘之中，這個深洞，可能就是太空船高速衝撞所形成的，而深洞形成，地形當然起了變化，必然會有大量的泥土湧上地面來，於是，吳家塘被填平了！」

阮耀喃喃地道：「不錯，吳家塘在一夜之間消失，就是這個原因。」

我在呆了片刻之後，又道：「在洞底，我也曾聽到類似嘆息的聲音，那種聲音，一定是他們發出來的，他們無法和我們作語言上的溝通，所以，就將這一段飛行記錄給你看，好讓你明白，他們是從極遙遠的地方來的，他們一直生存在地底！」

阮耀的神情，像是天氣冷得可怕一樣：「那麼，接下來的一切，又是怎樣發生的呢？」

我有點不明白：「什麼接下來的一切？」

阮耀道：「我曾祖何以有了這片土地？何以在那條通道之上，鋪了那麼多花崗石？何以我們家會成了巨富，羅洛怎麼會知道這個秘密，繪製了地圖？教授和博士，為什麼會死？」

阮耀一口氣提出了那麼多問題來，這些問題，我一個也無法回答。

我只好苦笑，而就在這時，外面傳來幾個僕人的呼叫聲，一個僕人出現在門口，大聲道：「阮先生，許多水湧了上來！」

阮耀叱道：「什麼許多水湧了上來？」

那僕人道：「那個深洞，深洞裏有水湧上來，一直湧到了洞口！」

我和阮耀互望了一眼，一起向外奔去，奔到了花園，來到了深洞的邊上，向下望去，只見那深洞，看起來已像是一口井，全是水，水恰好來到了洞口，還在向上湧着，像一個小型的噴泉，然而，水位卻不再上升，看起來很有趣。

在這樣的情形下，可以說，任何人都無法再下到這個深洞的底部了！

我和阮耀兩人，呆呆地望了好一會，我才道：「他們一定是不願意再有人去騷擾他們。」

阮耀點着頭，神情很有點黯然。

在接下來的一個月中，阮耀令工人在那個深洞之旁，用掘出來的花崗石，圍成了一道牆，如果站在牆頭，向下看去，就像是一隻其大無比的碗，碗底卻有着一個不斷在冒出水的噴泉。

我並沒有將我和阮耀在洞底的遭遇告訴傑克上校，傑克上校來過幾次，看看那噴泉，也沒有什麼話好說，看來，他對這件事已不再感興趣了！

阮耀一再和我討論當日他提出的那些問題，但是一直沒有結果——並不是說，這些問題一直沒有結果，在兩個月之後，才算有了一些答案。

在那天之後，約莫過了兩個月，晚上，忽然有一個膚色很黝黑、神情很堅毅、約莫三十來歲的人，按我家的門鈴，要找我。

我並不認識他，但是我也從不拒絕來見我的陌生人，我讓他進來，請他坐下之後，他道：「我姓吳，吳子俊，是一艘貨船的船長。」

我打量着他，可以看得出，他的確像一個極有經驗有資格的海員。

我道：「吳先生，你有什麼指教？」

吳子俊略停了片刻，搓着手，道：「衛先生，我來得很冒昧，但是我必須來找你，你認得一個大冒險家，羅洛先生？」

我揚了揚眉：「認識，他死了！」

吳子俊嘆了一口氣：「真想不到，航海這門職業，有一點不好，就是你離開一處地方之後，再回來時，往往已面目全非了！」

我心中十分疑惑，問道：「吳先生，你向我提起羅洛，是為了什麼？」

吳子俊道：「我和羅洛是好朋友，我上次離開的時候，曾託他查一件事情——」

我不出聲，等着他講下去，吳子俊攤了攤手：「這件事說起來也很無聊，已經是一百多年前的事了，我只不過想弄清楚事情的經過，沒有別的意圖。」

我呆了片刻，一百多年之前的事，羅洛，這個人又姓吳，難道——

在我還未曾開口之際，吳子俊又道：「事情發生在我曾祖父那一代——」

我急不及待地問道：「令曾祖父的名字是——」

吳子俊望了我一眼：「我曾祖父叫吳慧。」

我不由自主閉上了眼睛。吳慧，這個名字，雖然我只是第一次聽人提起，但是我對這個名字，卻一點也不陌生，這位吳慧先生，就是在阮耀的曾祖父的日記中，曾數次出現的神秘人物！

當我又睜開眼來的時候，吳子俊望着我，神情顯得很訝異。

那當然是因為我剛才忽然閉上了眼睛，神情顯得很怪異的緣故。

我定了定神：「你再說下去，羅洛並不是私家偵探，你為什麼會託他去查事情？」

吳子俊道：「因為他認識一個靠遺產過日子的花花公子，阮耀。」

當他提及阮耀的名字之際，出現在他臉上的，是一種極其不屑的神情。我還沒有說什麼，他又道：「你一定會問我，事情和那個阮耀，又有什麼關係，是不是？」

我點了點頭。

吳子俊皺着眉，道：「有一次，我無意之中，找到了一批文件，那批文件……可以說十分有趣，也十分古怪，它是一些日記，一些信札，是我曾祖父留下來的，這批文件中，可以看出，目前阮耀的那一大片產業，原來是一個塘，叫吳家塘，是屬於我曾祖父的。後來，好像曾發生了一些奇怪的事，這個塘，變成了平地，我曾祖父在日記中說，他立時請了一個好朋友，姓阮的——阮耀的曾祖父——一起來看，後來，不知怎麼，土地就變成阮家的了，阮家而且立即發了大財，我曾祖父就鬱鬱而終了！」

我大聲道：「那批文件呢？」

吳子俊道：「我交給了羅洛。」

我忙道：「你沒有副本留下來？」

吳子俊睜大了眼：「副本？我根本沒有想到這一點，我也不想追回那片產業來，我只不過想弄明白文件中所載的一個大塘，怎麼會變成平地而已，羅洛看了這批文件之後，他答應代我查。如果你要看那些文件，聽説負責處理羅洛遺物的就是你，我一找就可以了！」

我苦笑了起來，道：「處理羅洛遺物的一共有四個人，羅洛的遺命是，將他所有一切東西，全都燒掉，一點也不剩了！」

吳子俊訝異地道：「為什麼？」

我道：「吳先生，羅洛曾認真地為你調查過這件事，他曾偷進阮家的家庭圖書館之內，找到了阮耀曾祖父的日記——」

我講到這裏，停了下來。

吳子俊極有興趣地道：「是麼？他已有了結果了？結果怎麼樣？」

我不禁苦笑了起來：「結果，他繪成了一幅地圖，一幅地圖。」

我重複着「一幅地圖」，吳子俊卻感到莫名其妙，我站了起來，道：「吳先生，這件事，以後的發展，你是無論如何料不到的，我想，我們兩人不應該單獨談，我想請一個人來一起談談。」

吳子俊揚着眉，道：「好啊，請什麼人？」

我望着他：「阮耀！」

吳子俊立時皺起了眉，他的這種反應，早在我的意料之中，因為他第一次提到阮耀的名字之際，就是一副看不起的神情。

我補充道：「阮耀是一個很有趣的人，你見了他，一定不會討厭他的，而且，這件事的發展，和他有最直接的關係，非找他來不可！」

吳子俊攤着手：「好，如果你堅持，那麼，我也不反對。」

我立時走過去打電話，叫阮耀立即到我這裏來。在二十分鐘之後，阮耀匆匆趕到。

阮耀一到，我先替他和吳子俊互相介紹，並且立即說明了吳子俊的身分。

阮耀呆了半晌，才道：「吳先生，真太好了，我想你或者可以幫助我們解答一些疑團。」

我將剛才吳子俊的講話，重複了一遍，阮耀的反應，也在意料之中，他顯得很憤怒：「羅洛真不是東西，他為什麼不一早就來和我商量？」

我道：「自然，這是羅洛的不對，或許是他認為其中有產業的糾紛在內，所以才秘密進行的！」

阮耀「哼」地一聲：「笑話，這片產業，在我來說，算得了什麼？」

吳子俊的臉色，也變得很難看，他也冷冷地道：「在我來說，更是不值一顧！」

我忙道：「我們現在不是談論這些，我們是為了解決疑團而相聚的，吳先生，你聽我講事情發展的經過，阮耀，我有說漏的地方，你來補充！」

阮耀勉強地笑了笑，於是，我又從羅洛的死講起。

阮耀一直沒有出聲，吳子俊也保持着沉默，一直等我說完，吳子俊才神色異樣地道：「這是不可能的！」

我呆了一呆，還沒有出聲，阮耀已經道：「你這樣說是什麼意思，衛先生是在撒謊麼？」

吳子俊站了起來，氣呼呼地道：「我可沒那麼說，不過，外太空有人到地球上來，嘿，這是第九流科學幻想小說慣用的題材。」

我望着他，做了一個手勢，令他坐了下來：「吳先生，讓我講幾件和我們的事完全無關的事實給你聽聽，或者你會改變觀念。」

吳子俊坐了下來，冷冷地道：「說。」

我道：「一八九一年，美國伊里諾州，摩里遜德里市，有一位古普太太，在替她的爐灶加煤的時候，有一塊煤跌在地上，跌碎了，在煤塊之中，有一條金鍊，一起跌了出來。」

吳子俊道：「一條金鍊，有什麼稀奇？」

我道：「金鍊是不稀奇，但是，專家的估計煤的形成，是上千萬年的事，那條金鍊在煤的中間，自然有着更長的歷史！」

吳子俊眨着眼，道：「你想說明什麼？」

我作着手勢，道：「我想説明，金鍊是不會自然形成的，它在煤塊中間，只有兩個可能，一、是外太空的『人』到地球時留下來的；二、是地球的『上一代』人留下來的，我所指的『上一代』，是指地球上曾有過一次大毀滅，我們現在這些人，是經過了大毀滅之後，又漸漸進化而成的！」

吳子俊不出聲。

我道：「還有第二個例子，四十年前，科學家大衛．保利斯德爵士，曾對英國巴富郡京哥第斯的石礦場，進行了研究。」

吳子俊和阮耀兩人都望着我，等我說下去。

由於我平時堅信浩瀚無邊的宇宙之中，一定在其他的星球上有着高級的生物，也懷疑我們這一代人類，這一代地球上所有的生物，都不是地球上的第一代生物，因為地球的歷史，和我們這一代人類的歷史相比較，距離實在太遠了。

所以，我平時很注意一些不可解釋的事情的報道，這時，我根據我以往閱讀到的記載，隨便舉出幾個例子，是再容易不過的事。

我略停了一停之後，道：「大衛·保利斯德爵士研究的那個沙石礦，估計已有一萬萬年的歷史，吸引他加以特別研究的原因，是因為在開採出來的石頭中心，竟發現了一些平頭的鋼釘！」

吳子俊皺着眉，不出聲。

我又道：「還有第三個例子，一八五二年，美國《科學化美國》雜誌，報道一件怪事，有一個五吋高、刻上花紋的銀鈴，這個銀鈴是從一塊數百噸重的大石中被發現的，這塊石頭的形成，至少是幾億年前的事情了。」

吳子俊好像有點呼吸困難，他解開了領帶的結，吸着氣：「這說明什麼？」

我道：「就是說明，在很久以前，地球上還沒有人類的時候，有人到過地球。很久以前有人來過，現在也一定會有人來，因為地球之外，其他所有的星球之中，有的星球是可能有人的！」

吳子俊搖着頭：「這種事，對我來說，始終是十分無稽的！」

阮耀顯然對這位吳先生並沒有什麼好感，他冷冷地道：「我們沒有一定要你相信！」

吳子俊立時對阮耀怒目而視，我搖着手：「別緊張，還有一件有趣的事，是最近的例子，十年前，在中國西藏的邊界，卑仁祖烏拉山脈，發現了一個侏儒部族，這個部族，叫杜立巴族。」

吳子俊打岔道：「你愈說愈遠了！」

我微笑着：「杜立巴族人住在洞穴裏，在他們居住的洞穴中，有許多石質的圖片，上面刻滿了世人難明的文字，這些文字，據杜立巴族人自稱，是記載着他們的祖先大約在一萬二千年之前，從太空降落在地球，當時他們的頭，比現在細，身體很小——」

吳子俊笑了起來：「所有的落後部落，大都有類似的傳說！」

我笑了笑，道：「或許是，但是，科學家卻在杜立巴人居住的洞穴附近，發掘出一些骸骨來，那些骸骨，頭大，身體小，和地球人不大相同！」

吳子俊不再出聲，他點了一支煙，用力吸着。

我拍了拍他的肩頭：「這些，或者對你的要求，沒有什麼幫助——」

吳子俊揿熄了煙：「你是説，我託羅洛先生調查的事，他已經有了眉目！」

我道：「是，我想是的，但是因為這件事，太神秘了，所以當他臨死之際，他不想任何人再接觸這件事，是以才吩咐我們將一切燒掉的！」

吳子俊又深深地吸了一口氣：「你……認為他們現在……還住在地底深處？」

我和阮耀望了一眼，都點了點頭。

吳子俊叫了起來：「那你們怎麼不去通知有關當局，將他們找出來！」

我攤了攤手：「為什麼要那樣，他們在地底，和我們一點沒有妨礙，我相信，他們是十分和平的『人』，這一點，從我和阮先生兩人安然回到地面上，就可以得到證明。」

吳子俊道：「可是，這件事，已死了兩個人，教授和博士——」

我皺着眉：「他們的死，我相信一個的確是由於心臟病發，一個是意外！」

吳子俊挺了挺身子：「好，那麼我告辭了！」

他站了起來，走向門口，他走到門口之後，才轉過身來，指着阮耀：「可是，我不明白，何以他的曾祖父，會忽然成了巨富！」

阮耀看來很怕人提到這個問題，他也陡地站了起來。

我立時道：「關於這一點，在阮先生曾祖父的日記之中，一定有詳細的記載，可惜，這些日記被羅洛取走，又被我們燒掉了，可能永遠成了一個謎。」

吳子俊道：「你有什麼推測？」

我皺着眉：「我的推測是，當時，阮先生的曾祖父和令曾祖父都曾見過他們——就是那些來自太空的人，那些外星人，一定曾告訴了他們一些致富的知識，或者給了他們一些十分值錢的東西。」

吳子俊點頭道：「很合理，但為什麼我的曾祖父會憂鬱而死？」

阮耀怒道：「那誰知道？」

吳子俊冷笑道：「我知道，你的曾祖父，用了卑鄙的手段，搶奪了他的所有！」

阮耀一聲怒吼，衝過去想去打吳子俊，但吳子俊已然拉開門，「砰」地一聲將門關上，走了！

阮耀怒叫道：「流氓！」

我安慰道：「阮耀，他的出現，至少使我們對事情有了進一步的了解，現在，那深洞中滿是水，一定是地底的那些人，不希望再有人下去了。」

阮耀呆了半晌，才道：「你以為他們究竟是什麼人？」

我搖着頭：「不知道，永遠沒有人可以知道了！」

阮耀攤着手，作一個無可奈何的神情。

我也攤開了手，同樣無可奈何。

真的，世上並不是所有事都有一定答案的，這件事，能夠有這樣的結果，已經是很不錯的了，是麼？

尾聲

或許，還有一些疑問，是必須一提的，例如那些花崗石的石基，是在什麼情形之下，由什麼人砌上去之類。但關於這一方面的事，卻只能憑推測來解決了。

我的推測是，阮耀的曾祖父，見過「他們」，「他們」給了阮耀曾祖父若干好處（是阮家突然暴富的原因），而阮耀的曾祖父，就答應替「他們」封閉這個深洞，使「他們」的存在永不被人發現。而「他們」也有某種力量，來保護「他們」自己，羅洛可能知道這一點的，所以在他的地圖上，才會有若干危險記號。

如果不是吳子俊的委託，如果不是羅洛的深入調查，那麼，這件事可能永遠沒有人知道了，我最不明白的是，何以羅洛在臨死之前，要將一切都保守秘密。

我所能作的推測，也到此為止。

（全文完）

衛斯理小說典藏版　15

地圖

作　　者：　衛斯理（倪匡）
責任編輯：　黎倩雲　黃敬安
封面設計：　三原色
出　　版：　明窗出版社
發　　行：　明報出版社有限公司
　　　　　　香港柴灣嘉業街18號
　　　　　　明報工業中心A座15樓
電　　話：　2595 3215
傳　　真：　2898 2646
網　　址：　https://books.mingpao.com/
電子郵箱：　mpp@mingpao.com
版　　次：　二〇二〇年七月初版
　　　　　　二〇二二年七月第二版
I S B N：　978-988-8687-92-3
承　　印：　美雅印刷製本有限公司